NOTICE

SUR

M. L'ABBÉ PREVOST

CHANOINE ET ANCIEN CURÉ DE S.-NICAISE

NOTICE

SUR LA VIE ET LES ŒUVRES

DE

M. L'ABBÉ PREVOST

CHANOINE TITULAIRE DE LA MÉTROPOLE DE ROUEN

ANCIEN CURÉ DE SAINT-NICAISE

Décédé le 21 Juin 1854

D'APRÈS

DES DOCUMENTS INÉDITS ET AUTHENTIQUES

PAR P. V.

Membre de la Société de Saint-Vincent de Paul.

—

AU PROFIT DES PAUVRES

—

ROUEN

CHEZ FLEURY, ÉDITEUR

LIBRAIRE DE MONSEIGNEUR L'ARCHEVÊQUE

Place de l'Hôtel-de-Ville, 4, près de Saint-Ouen

1854

PRÉFACE.

<figure>⟨∞⟩</figure>

Le 22 juin 1854 fut, pour un grand nombre de nos concitoyens, un jour de tristesse et de deuil. Ce jour-là, une multitude éplorée conduisait à sa dernière demeure un saint prêtre qui, pendant les trente-sept années de son ministère pastoral, s'était enseveli tout entier dans le service de Dieu et des pauvres. Et quand la fosse se referma sur ses restes vénérables, les

1

femmes, les vieillards, les enfants, les malheureux restèrent encore long-temps agenouillés, priant pour son âme, ou plutôt pleurant sur eux-mêmes, et adressant leurs vœux à celui que l'instinct de leur reconnais-sance et de leur admiration plaçait déjà dans le ciel !

Une pareille douleur raconte la vie d'un homme avec une éloquence que n'ont pas les livres ; aussi n'eussions-nous jamais entrepris cet ouvrage, si au désir de faire une bonne œuvre ne s'était joint en nous celui de payer à une mémoire chérie une dette toute spéciale et en quelque sorte hérédi-taire d'attachement et de vénération. D'ailleurs, nous n'avons pas prétendu faire un livre, mais un simple recueil de bons et attendrissants souvenirs ; c'est en grande partie sous la dictée des pauvres qu'il a secourus, des malheureux qu'il a consolés, que nous avons écrit ces lignes; le reste, nous l'avons puisé dans les lettres et dans les écrits qu'il a laissés. En un mot, nous nous sommes efforcé de rendre notre œuvre simple et modeste comme il le fut lui-même.

Cette notice, nous le sentons, est et doit être nécessairement incomplète : la vie de ce digne prêtre fut toujours tellement obscure et cachée, que son humilité a d'avance abrégé la tâche de son historien; de plus, nous sommes encore trop près de sa vie pour que les faits qui la composent puissent se détacher tous à nos regards avec une égale clarté. Entre un tel tableau et l'œil de l'observateur, il faut l'intervalle du temps. Enfin il est sans doute plusieurs traits, et peut-

être des plus héroïques, que l'avenir
seul nous révèlera. La terre qui le
couvre est encore fraîche; laissons aux
fleurs le temps de croître sur sa tombe,
et alors le parfum de ses vertus ira
partout embaumer sa mémoire!

Aujourd'hui, qu'il nous suffise
d'avoir préparé des matériaux pour
un ouvrage plus complet, et de nous
être montré l'interprète de la douleur publique et de nos propres sentiments!

PREMIÈRE PARTIE.

LA VIE DE M. PREVOST.

L'abbé Jean-Félix-Casimir Prevost, que
l'Église de Rouen a perdu le 21 juin 1854,
naquit dans cette ville le 15 novembre 1793.
C'était le huitième enfant de Pierre-François-
Aimable Leprevost (1) et de Henriette-Julie-
Victoire Levilain, honnêtes fabricants, peu

---

(1) L'abbé Leprevost ne signait jamais autrement que
Prevost : il disait que tous ces *le* lui faisaient perdre trop de
temps ; mais son véritable nom, comme l'indiquent les
actes de l'état civil, est Leprevost. Toutefois, dans cette
notice, nous lui avons conservé le nom sous lequel il était
le plus généralement connu.

favorisés des biens de ce monde, mais dont
la réputation fut toujours sans tache, et qui
ne reculèrent devant aucun sacrifice pour
assurer à leur nombreuse famille le bienfait
d'une éducation solide et chrétienne. Le
succès récompensa leurs efforts ; car, encore
bien que la mort leur ait enlevé cinq de
leurs enfants dans la plus tendre jeunesse,
deux filles et un fils qui leur survécurent
firent leur consolation et leur bonheur. De
ces deux filles, la plus jeune est devenue
religieuse hospitalière sous le nom de sœur
Sainte-Thérèse ; l'aînée resta, presque jusqu'à la fin de ses jours, la compagne insé-
parable de son frère, l'abbé Prevost, dont
nous écrivons la vie.

L'abbé Prevost vint au monde avec une
complexion faible et délicate ; et comme son
état inspirait les craintes les plus sérieuses,
il fut immédiatement ondoyé. Le lendemain, 16 novembre 1793, il fut baptisé
sous condition dans l'église de Saint-Ouen,
quoique la rue Pincedos (aujourd'hui rue de
Montbret), où demeuraient ses parents au

nº 16, appartînt alors à la circonscription de la paroisse Saint-Godard.

Une circonstance singulière se rattache au baptême de l'abbé Prevost : immédiatement après cette cérémonie, l'autorité civile fit fermer l'église de Saint-Ouen, comme si Dieu n'eût voulu permettre à l'impiété d'accomplir son œuvre qu'après avoir reçu au nombre de ses enfants celui qui devait un jour se montrer l'un des plus fermes appuis de son Église renaissante, et ouvrir à tant d'âmes égarées la porte du sanctuaire.

La première enfance de l'abbé Prevost s'écoula tranquille au milieu d'une époque agitée ; mais bientôt l'ordre et le calme se rétablirent ; il avait à peine atteint l'âge de raison, et déjà, rentrée en possession de ses temples, la religion qui avait béni son berceau l'appelait à elle et lui tendait les bras. Le 20 avril 1806 il fit sa première communion à la paroisse Saint-Vivien, qu'administrait alors M. l'abbé Boïeldieu, et qui devait plus tard être témoin de ses premiers débuts dans la carrière sacerdotale. Au moment de

la communion, il crut entendre au fond de
son cœur une voix qui l'appelait impérieusement à l'état ecclésiastique ; et prosterné
la face contre terre , il conjura le Dieu qu'il
venait de recevoir de lui donner le courage
d'être fidèle à la grâce de sa vocation. Ce
jour-là fut pour lui la fin de l'enfance : une
grave pensée s'était élevée dans son âme et
en avait banni toutes les frivolités du jeune
âge ; dès lors son unique étude fut de se
rendre digne des saints autels ; son plus
ardent désir , d'assurer au plus tôt l'exécution de ce pieux dessein.

L'entreprise n'était pas sans difficulté.
Sans doute , il n'avait aucune opposition sérieuse à redouter de la part de ses vertueux
parents ; toutefois il se disait à lui-même
qu'ils étaient sans fortune et chargés d'une
nombreuse famille, qu'ils ne lui avaient
donné jusque-là qu'une éducation exclusivement commerciale, et que ce serait peut-
être contrarier leurs vues et les espérances
légitimes qu'ils avaient fondées sur son
avenir ; que d'ailleurs ils ne pourraient lui

procurer le bienfait des études supérieures
exigées pour le sacerdoce, sans s'imposer
les plus grandes privations et les plus pénibles sacrifices. Ces considérations ne le
découragèrent pas. Quinze jours à peine
s'étaient écoulés depuis sa première communion; après avoir imploré le secours de
Dieu, il se lève, il va trouver M. l'abbé
Beaudouin, vicaire de Saint-Nicaise, dont,
quelques années auparavant, il avait suivi
les catéchismes, et lui fait part de ses secrets désirs. Frappé de la modestie et de la
fermeté qui respiraient dans le langage de
ce jeune enfant, l'abbé Beaudouin pressentit
ce qu'il deviendrait un jour; il l'exhorta vi-
vement à persévérer dans cette sainte voie,
lui donna d'utiles conseils, et lui promit de
s'employer activement à lever tous les obs-
tacles qui pouvaient contrarier sa vocation.

Quelques jours après, il se rendit chez les
parents du jeune Prevost, auxquels il ra-
conta l'entrevue qu'il avait eue avec leur
fils; il leur fit observer qu'une vocation
aussi solide était un don bien rare, que

1.

Dieu avait des vues sur cet enfant, et qu'il était de leur devoir de prêter un généreux concours à l'action de la Providence. Cette nouvelle les surprit, mais n'excita pas en eux le plus léger murmure. Sa bonne mère se rappela que, dès les premières années de son petit Félix, sa gravité, sa modestie et la précocité de son intelligence lui avaient suggéré cette réflexion, qu'elle avait communiquée à son mari : « Vraiment, nous ferons bien de donner de l'éducation à cet enfant, car nous aurons à répondre de lui d'une manière toute particulière. » Il fut donc décidé que le jeune Prevost apprendrait le latin ; toutefois, afin de perfectionner son éducation première et d'éprouver sa vocation, on lui fit suivre encore pendant deux années les cours de l'école primaire, qu'il fréquentait depuis 1804. Son nom retentit plusieurs fois dans les distributions de prix de 1807 et de 1808 ; et lui-même, se rappelant plus tard avec plaisir, comme tous les hommes sérieux, les succès de sa première jeunesse, ajoute aussitôt dans une note que nous avons sous les yeux : *Si j'ai remporté des prix, ce n'est pas que je fusse un écolier savant, et hors ligne ; seulement j'étais un peu au-dessus de ceux qui ne savaient rien ou presque rien.* C'est ainsi qu'il se fit toujours remarquer et par cet amour de l'étude et par cette grande modestie qui forment le fond de son caractère.

Cependant la pensée de sa vocation le poursuivait toujours ; l'épreuve à laquelle il s'était soumis n'avait fait que mûrir et fortifier sa résolution. C'est alors que M. l'abbé Beaudouin pensa qu'il était temps de lui faire commencer ses études. M. Blanquet, ancien curé de Saint-Maclou, avait formé dans son presbytère une institution où plusieurs jeunes gens, qui se destinaient à l'état ecclésiastique, venaient suivre un cours d'humanités. M. Motte, son successeur, s'était dévoué activement à cette belle œuvre. M. Beaudouin l'intéressa en faveur de son jeune protégé, et, le 3 décembre 1808, ce dernier entra au presbytère de Saint-Maclou en qualité d'externe.

Il avait déjà quinze ans accomplis : c'était commencer un peu tard l'étude de la langue latine, dont les premiers éléments exigent cette souplesse de mémoire, cette facilité d'application qui semblent le partage à peu près exclusif d'un âge moins avancé. Aussi les commencements du jeune écolier furent-ils pénibles; mais la ferme volonté d'arriver à son but et un vif sentiment d'émulation soutinrent son courage et firent triompher ses efforts. On le vit, en effet, donner l'exemple du travail le plus énergique et le plus opiniâtre; il se levait, en hiver, dès trois heures du matin pour faire ses devoirs, et partageait entre la bibliothèque et l'église la plus grande partie de ses récréations; plus tard, sa vie sacerdotale devait offrir la même physionomie. Quelques-uns de ses camarades, jaloux peut-être de cette régularité et de l'estime générale qui en était la récompense, organisaient parfois contre lui ces petites persécutions si ordinaires dans les pensions; mais la mesure, la modération de ses réponses savait le secret de les désarmer.

Toutefois, ses professeurs, craignant les
suites d'une application aussi extraordinaire, le forçaient souvent à se mêler aux
jeux de ses condisciples, en lui disant qu'un
arc toujours bandé devait se rompre tôt ou
tard. En effet, au bout de quelques mois,
sa santé ne tarda pas à être altérée, et il
éprouva alors un découragement momen-
tané, qu'il ne faudrait pas attribuer au dé-
goût du travail, mais à sa grande modestie
et à son excessive délicatesse, comme le
prouve son propre témoignage. Un jour, il
avoua dans la conversation que c'était la
crainte de perdre son temps et de gêner sa
famille qui lui avait suggéré la pensée de
renoncer à ses études. Une personne qui
assistait à cet entretien, fit l'observation
que, puisqu'il était le dernier de sa famille
et que ses sœurs étaient élevées, il était
assez naturel qu'on eût fait pour lui quelques sacrifices. « Parce que j'étais le der-
« nier, répondit-il, ce n'était pas une rai-
« son pour manger la part des autres. »
Tant était grande sa délicatesse, même

quand il s'agissait de ses chères études et de la vocation à laquelle il se sentait impérieusement appelé.

Mais ce moment de doute et d'hésitation s'évanouit rapidement ; les conseils de M. Motte, de sainte et vénérable mémoire, ranimèrent son courage ; enfin, une heureuse circonstance vint mettre un terme à ses inquiétudes, et le fixer à jamais dans la voie qu'il s'était tracée. Le grand séminaire de Rouen, où l'on n'avait enseigné jusque-là que la philosophie et la théologie, fut autorisé à ouvrir un cours d'humanités. Les parents de l'abbé Prevost sollicitèrent et obtinrent son admission dans cet établissement, où il entra le 2 octobre 1809.

Le plus grand avantage que lui ait valu son séjour d'une année au presbytère de Saint-Maclou, c'est, sans contredit, la connaissance de M. Motte. Ce fut un grand bonheur pour lui, de se voir uni, par des rapports intimes et journaliers, à ce respectable prêtre dont l'influence se fit si heureusement sentir sur le jeune clergé de cette époque, et qui semble encore le diriger aujourd'hui par la puissance du souvenir. M. Motte aima l'abbé Prevost avec le cœur d'un père, et l'abbé Prevost lui voua pour toujours une affection, une vénération toute filiale ; ces deux âmes, également humbles et fortes, animées l'une et l'autre de l'amour de Dieu et des pauvres, devaient facilement se comprendre ; aussi est-ce en partie à M. Motte et à son respectable ami, M. Holley, alors supérieur du séminaire, que nous devons M. l'abbé Prevost, ainsi que tant d'autres prêtres aussi vertueux que distingués qui sont aujourd'hui l'exemple et l'ornement du diocèse. Toutes les vertus qui brillèrent depuis d'un si vif éclat dans la vie de l'abbé Prevost, commencèrent à s'épanouir sous les regards protecteurs de M. Motte ; et l'on peut dire qu'il fit en quelque sorte son élève à son image. C'est lui, nous l'avons vu, qui dissipa ses incertitudes et releva son courage ; c'est à son exemple que le jeune Prevost consacrait ses jours de congé à visiter les pauvres en compagnie de ses deux sœurs; c'est lui, enfin, qui, en préparant les voies à son entrée au séminaire, a si bien mérité de la religion et des malheureux. Aussi le jeune Prevost ne l'appelait-il jamais que son père et son protecteur, et reconnaissait-il qu'il lui était redevable de tout ce qu'il pourrait devenir par la suite. « Vous avez semé le germe, lui disait-il dans une ode latine qu'il lui adressait à l'occasion de sa fête, vous avez semé le germe, puissiez-vous (j'y ferai tous mes efforts), puissiez-vous, un jour, recueillir la moisson ! »

> Maximos nisus neque defuturos
> Insuper noscat, segetes ut amplas,
> Jure quas sperat, resecare jacto
> Semine possit !

C'est sous le patronage d'un tel homme que le jeune Prevost fit son entrée au séminaire de Rouen; il y apporta cet amour de l'étude qui l'avait distingué à Saint-Maclou, et bientôt ses efforts furent couronnés des succès les plus éclatants. C'est au séminaire qu'il puisa cette connaissance approfondie, ce sentiment délicat de la littérature latine qu'il conserva jusqu'à la fin de ses jours, et dont le parfum s'exhale des poésies manuscrites qu'il a laissées.

Sa conduite au séminaire fut toujours irréprochable ; scrupuleux observateur de la règle, travailleur infatigable, ses maîtres ne purent jamais parvenir à le prendre en faute ; à toutes les qualités qui font l'élève distingué, il unissait déjà cette générosité, cette abnégation qui le portait à tout donner et à se donner lui-même à autrui ; c'est ainsi que, pendant les grandes vacances, non content d'étudier pour son propre compte, il donnait des leçons à ses camarades moins avancés ou moins forts que lui.

Aimé de ses supérieurs et de ses condisciples, nourri à la fois du lait de la science et de la vertu, le jeune Prevost pouvait espérer que la tranquillité de ses travaux et le recueillement de sa solitude ne seraient point troublés. Il en fut autrement. Deux ans après son entrée au séminaire, un incident imprévu vint le forcer à en sortir, et soumettre sa vocation à une dernière et décisive épreuve. L'Université ayant exigé que les élèves du séminaire fissent leurs humanités aux classes du lycée, le cardinal Cambacérès, alors archevêque de Rouen, ne put obtempérer à cette prétention, et donna ordre à M. Holley de congédier tous les humanistes.

Ici, nous laisserons parler M. Prevost lui-même; dans une note manuscrite qu'il a laissée sur M. Motte, il s'exprime en ces termes:

« M. Holley, pénétré de douleur, nous
« fit part en pleurant des ordres de notre
« évêque; et je me vis contraint, ainsi
« qu'une multitude de jeunes gens, de me
« retirer au sein de ma famille désolée.

« Mais on étudie mal chez ses parents.
« Je cherchai donc à me placer de manière
« à jouir en même temps et de la tranquil-
« lité et des secours en livres, indispen-
« sables pour faire quelques progrès dans
« les humanités, et commencer par là à me
« rendre, un jour, utile à l'Église.

« Connaissant l'intérêt que M. l'abbé

« Motte voulait bien me porter, et plein de
« confiance en sa charité, j'allai le voir. Il
« me reçut avec cette bonté qu'ont toujours
« admirée en lui les personnes qui ont eu à
« lui parler. Je le trouvai profondément
« triste. La douleur paternelle de M. l'abbé
« Holley, avec lequel il était très-lié, sem-
« blait être passée tout entière dans son âme.

« Assis près de lui, il me prit la main
« avec affection et il me dit : *Mon bon ami,*
« *je suis bien affligé de toutes ces choses-là.*
« Puis, tout à coup, il répandit un torrent
« de larmes. J'en fus fort édifié, voyant
« combien il aimait l'Église ; mais ces
« larmes ne m'étonnèrent pas de la part
« d'un prêtre qui, pendant la Terreur, pas-
« sait des jours entiers au fond des bois,
« avec un morceau de pain dans un bissac,
« afin de parvenir à se conserver pour les
« vrais enfants de l'Église qui soupiraient
« en secret après le bonheur de recevoir
« les sacrements, surtout à la mort.

« Sa douleur ne fut pas stérile ; car après
« cette grande abondance de larmes si

« pieuses, si paternelles, si charitables, il
« me confia qu'il allait prendre toutes les me-
« sures nécessaires pour me mettre à même,
« ainsi que plusieurs de mes compagnons
« d'étude, de continuer mes classes, et je
« dois à la vérité de dire qu'il n'a rien épar-
« gné pour conserver quelques sujets à
« l'Église.

« Il avait pour maxime que la meilleure
« des aumônes était celle qui servait à for-
« mer des ecclésiastiques pour travailler au
« salut des âmes.

« Une conduite si charitable, si édi-
« fiante de sa part, ne fut pas un exemple
« perdu pour ses confrères, et l'on vit, de
« côtés et d'autres, de saints prêtres étendre
« le bien que M. l'abbé Motte avait com-
« mencé. M. Picot, ecclésiastique fort dis-
« tingué en son temps, recueillit plusieurs
« séminaristes dans son presbytère.
« M. l'abbé Quillebœuf le jeune déploya
« le même zèle, ainsi que M. l'abbé Beau-
« douin, ancien curé de Saint-Nicaise ; et
« j'ai connu plusieurs familles, dans la ville

« de Rouen, qui, touchées sans doute des
« exemples entraînants de M. l'abbé Motte,
« ont recueilli, avec toute sorte de bonne
« volonté, les élèves du sanctuaire dans
« leur maison.

« C'est ainsi qu'un saint prêtre, plein de
« zèle pour le bien de l'Église, a influencé
« toute une cité, pendant plusieurs années,
« en faveur de la religion. C'est ici, sans con-
« tredit, un des plus beaux traits de la vie
« de M. Motte, et il serait difficile de cal-
« culer tout le bien qu'il a fait au diocèse
« de Rouen, à cette époque de sa vie. »

Quelques jours après cette touchante entrevue avec M. Motte, le jeune Prevost fut
admis comme externe aux cours du lycée,
qu'il ne suivit, du reste, que peu de temps ;
car, le 27 juillet 1812, il fut reçu bachelier
ès lettres. Ainsi, cet écolier qui, à l'âge de
quinze ans, en 1808, avait triomphé avec
peine des premières difficultés de la langue
latine, se trouvait avoir, en moins de quatre
années, terminé complètement et avec dis-
tinction le cours de ses études.

Une fois reçu bachelier, et bientôt
exempté, comme séminariste, du service
militaire (1), aucun obstacle ne s'opposait
désormais à l'accomplissement de ses desseins. Toutefois, il prolongea pendant une
année son séjour dans la maison paternelle, suivit encore les cours du lycée,
et ne revit qu'en octobre 1813 l'asile
où l'appelaient ses désirs et ses destinées.
Il fut tonsuré le 18 décembre de la même
année, pendant son cours de philosophie; il commença en 1814 ses études de
théologie, durant lesquelles il reçut successivement les ordres mineurs, le sous-dia-
conat et le diaconat. Enfin, le 20 décembre
1817, à l'âge de vingt-quatre ans, il fut or-
donné prêtre par Mgr le cardinal Cambacérès. Le lendemain, il célébra sa première
messe dans l'église de Saint-Vivien, au milieu de sa famille et de ses nombreux amis.

Nous allons le voir maintenant commen-

_____

(1) Les jeunes gens étaient alors appelés sous les dra-
peaux dès l'âge de dix-huit ans.

cer cette vie de dévouement, d'apostolat et
de charité dans laquelle il persévéra jusqu'à
la mort. Nommé, le jour même de son ordination, vicaire de Saint-Vivien et aumônier
spécial de la maison de Bicêtre, il montra
tout à la fois, dans cette dernière mission,
et l'ardeur de la jeunesse et l'expérience
d'un âge plus avancé. C'est une tâche
pénible et souvent ingrate de ramener
aux sentiments religieux des criminels
endurcis ou de jeunes intelligences qu'une
disposition malheureuse semble avoir pré-
destinées au vice et à la corruption. Ce
fut dans ce champ couvert de ronces et
d'épines que l'abbé Prevost dut faire l'es-
sai de ses forces nouvelles; mais bientôt,
par un prodige de la grâce, le champ fut
entièrement défriché, et une moisson abondante vint porter la consolation dans le
cœur du jeune prêtre. On vit un prisonnier
âgé de soixante ans faire sa première communion dans la chapelle de Bicêtre, au milieu d'une multitude attendrie; d'autres, en
grand nombre, imitèrent cet exemple; les

catéchismes, les exhortations, la douceur
du jeune aumônier firent de nombreuses
conversions, et un air plus pur régna dans
ce séjour de douleur, où la religion avait
ramené l'espérance.

L'abbé Prevost aimait tendrement ces
pauvres prisonniers, et ceux-ci avaient en
lui la confiance la plus entière ; s'ils avaient
à demander quelque faveur ou quelque
adoucissement à leur sort, ils employaient
l'intermédiaire de l'abbé Prevost, dont l'ar-
dente charité savait plaider leur cause avec
éloquence et succès.

Pendant son séjour à Bicêtre, il rétablit
la fête patronale de saint Sébastien, qui était
tombée en désuétude, et qui, depuis lors,
s'est toujours célébrée avec beaucoup de
pompe. Ce fut à cette occasion qu'il composa une prose latine qui se chante encore
tous les ans, ce jour-là, dans la chapelle de
la prison.

Telle était l'estime que l'administration
des prisons professait pour le caractère et
les talents de l'abbé Prevost, qu'elle le

chargea, en 1821, de prononcer l'oraison funèbre de M. Gabory, l'un de ses membres les plus distingués. Son attente ne fut pas trompée : le discours de M. Prevost est admirable de sentiment et de simplicité. Pour ne pas ralentir la marche de notre narration, nous n'analyserons pas cette œuvre en détail. Qu'on nous permette seulement de citer un passage où ce prêtre aussi humble que charitable, qui cachait d'une main les bienfaits qu'il répandait de l'autre, se montre l'admirateur sincère et enthousiaste de la bienfaisance d'autrui.

« La rigueur de l'hiver, dit-il, avait arrêté
« les travaux et enlevé à l'ouvrier tout
« moyen de vivre. Que va-t-il devenir? Il
« n'a aucun droit d'exiger ce qu'il n'a pas
« gagné, il le sait; mais faut-il qu'il périsse?
« faut-il qu'avec le plus vif, le plus ardent
« désir de travailler, il éprouve le sort du
« paresseux? Oh! qu'il s'adresse avec con-
« fiance à un maître dont la charité paraît
« s'enflammer en quelque sorte au milieu
« des glaces de l'hiver. A l'exemple de Dieu,

2

« qui récompense nos désirs, lorsqu'ils sont
« sincères, cet homme, digne de tout éloge,
« connaît les dispositions intimes de ses
« serviteurs, les apprécie, et leur paie un
« travail qu'ils ne font pas, mais qu'ils vou-
« draient faire. Humanité admirable, Mes-
« sieurs, et qui doit confondre à jamais ces
« hommes barbares qui profitent du mal-
« heur des temps pour augmenter leurs
« richesses d'iniquité ! »

Deux ans auparavant, l'abbé Prevost avait
été douloureusement éprouvé dans ses plus
chères affections ; il avait perdu son père
déjà avancé en âge, le 8 septembre 1819.
Une lettre de l'abbé Prevost, que nous avons
eu le bonheur de retrouver, fera connaître
au lecteur la douleur profonde et l'exquise
sensibilité de cet excellent fils :

« Il est mort un jour de fête de Vierge,
« le 8 de septembre. La dernière messe
« qu'il ait entendue (et c'était la mienne,
« qu'il a servie avec une grande jubilation),
« il l'a entendue dans une église dédiée à
« la sainte Vierge. Je célébrais ce jour-là à

« Bonsecours. Il me semble que je le vois
« encore dire son chapelet pendant que je
« faisais mon action de grâces. Prosterné
« devant Dieu avec cette simplicité de l'an-
« cien temps que vous lui connaissiez, il
« offrait à Dieu son âme et moi avec lui
« sans doute. Je ne sais quelles faveurs il a
« demandées au Seigneur, mais j'espère que
« Dieu lui aura accordé la grâce de mourir
« saintement. Très-probablement, ce père
« si bon, qui s'est tant sacrifié pour moi,
« disait en ce moment à Jésus-Christ : Mon
« Dieu, j'ai vu tout ce que je souhaitais ;
« daignez maintenant renvoyer votre ser-
« viteur en paix, faites-lui miséricorde, et
« si j'ai travaillé en quelque manière au
« bien de votre Église, souvenez-vous de
« mes œuvres, bien imparfaites sans doute,
« et placez-moi dans votre sainte demeure !

« Quoi qu'il en soit, ma chère cousine,
« aussitôt après son arrivée de Bonsecours,
« il a senti quelque malaise. Un mal de tête
« et un peu de fièvre ont bientôt été suivis
« d'un grand froid, annonce ordinaire d'une

« de ces maladies inquiétantes qui se ter-
« minent presque toujours par la mort.
« Cette courbature alarmante devait, dans
« les desseins de Dieu, avoir pour moi ce
« douloureux résultat.

« Samedi dernier, le mal a pris un carac-
« tère extrêmement fâcheux. Dimanche,
« j'avertis son confesseur; il est venu le
« voir. Il avait à peu près toute sa con-
« naissance. Un délire qui se manifestait
« momentanément me donnait beaucoup
« de craintes. Comme il avait un très-grand
« mal de tête, il ne pouvait voir, parlait
« très-bas, et faisait difficilement usage de
« la connaissance qui lui restait.

« Le confesseur, ne voyant rien encore
« de très-effrayant dans sa maladie, a cru
« prudemment devoir attendre, espérant
« un mieux. Le danger s'est manifesté bien-
« tôt d'une manière surprenante. Il a reçu
« le sacrement de pénitence et celui
« d'extrême-onction; mais il n'a pu rece-
« voir le bon Dieu, et je pleure, et dois
« encore plus pleurer pour lui cette pri-

« vation que sa mort même, qui sans doute
« m'est bien pénible. Je l'ai assisté dans
« ses derniers moments. Son œil mourant
« était tourné vers moi, mais il ne me voyait
« pas; sa vue était déjà éteinte. Prosterné
« au pied de son lit avec ma sœur reli-
« gieuse, je récitais les prières des agoni-
« sants. Quel spectacle, ma chère cousine!
« Tantôt je le prenais en esprit dans mes
« bras, et je l'offrais à Jésus-Christ, tantôt
« je le déposais sous les yeux du Sauveur
« mourant, tantôt je priais la sainte Vierge
« d'avoir pour lui toutes les tendresses
« d'une mère qui voit son enfant dans un
« grand danger.

« Il est mort pendant que nous récitions
« les litanies du saint nom de Jésus. Un
« léger soupir a été le dernier qu'il ait
« poussé. Puisse Jésus-Christ avoir reçu
« avec lui son âme! Ma sœur religieuse
« et moi, nous l'avons enseveli du mieux
« qu'il nous a été possible, et nous l'avons
« gardé seuls.

« Enfin est venu le moment pénible où

« je devais l'accompagner pour la dernière
« fois, et le conduire dans ce lieu où son
« corps attend, je l'espère, que le premier
« des ressuscités le transforme en un corps
« de gloire.

« Ma chère cousine, quel instant pour
« moi ! Le chant de l'office des morts, fort
« bien célébré, a commencé à briser mon
« cœur de douleur. Souvent, pendant la
« messe, je l'offrais à Dieu, en priant pour
« lui comme je pouvais. Mais mille souve-
« nirs venaient se retracer à ma mémoire
« pendant le sacrifice offert pour le repos
« de son âme. C'était dans cette même
« église de Saint-Vivien, où son corps repo-
« sait devant l'autel, que j'avais dit ma
« première messe, grâce à ses sueurs et à
« ses bienfaits ; c'était là que, célébrant
« pour la première fois, je l'avais commu-
« nié de mes propres mains ; c'était là que
« j'avais quelquefois prêché devant lui. Ah !
« Seigneur ! disais-je en moi-même, c'est
« lui qui, après vous, m'a mis à même
« d'apprendre le peu que je sais. Daignez

« l'en récompenser, ô mon Dieu, vous qui
« récompensez même un verre d'eau donné
« en votre nom !

« Il a fallu sortir de l'église ; c'était un
« nouveau sacrifice à faire. Je souhaite que
« le Seigneur l'ait accepté à l'avantage du
« plus tendre de tous les pères. Que de
« pensées sont venues redoubler encore
« ma tristesse, et me distraire des vœux
« sincères que je formais pour lui ! Au sor-
« tir de l'église se présentait à mes yeux le
« séminaire Saint-Nicaise. C'était à ses
« longs et continuels travaux que je devais
« d'y avoir été élevé ; c'était dans ce saint
« asile qu'il venait, tous les dimanches,
« épancher son cœur et me montrer com-
« bien il m'aimait.

« A peine mon ancienne solitude dispa-
« raissait-elle à mes regards, que j'aperce-
« vais avec une nouvelle douleur la maison
« où il s'était uni à sa vertueuse et incon-
« solable épouse. Plus loin, c'était l'endroit
« où tous les ans, avec un ami religieux, il
« élevait un autel au Seigneur dans ces

« jours du saint Sacrement, si chers à son
« cœur. Je faisais quelques pas, et la vue
« du triste séjour où son père était mort
« et où il m'avait élevé pendant dix-huit
« ans remplissait mes yeux de larmes. Ce
« couvent des Ursulines où il m'avait placé
« pour prendre le goût de la piété, excitait
« encore mon cœur à soupirer. Mais l'aspect
« de l'ancienne communauté des Capucins
« m'a touché d'une manière indicible. Je
« me rappelais quel amour il avait pour ces
« bons pères dans sa jeunesse, comme il
« m'en avait parlé, combien il m'avait in-
« spiré d'affection pour eux. C'était chez ces
« vénérables religieux qu'il avait appris à
« servir le Seigneur et à répondre à une
« basse messe. Grand Dieu! que les ser-
« vices qu'il leur a rendus lui soient main-
« tenant profitables !

« Ma chère cousine, il a fallu consom-
« mer le sacrifice ; je ne pouvais pas prier,
« je présentais mes larmes à notre com-
« mun Rédempteur, les unissant à celles
« de la sainte Vierge, lorsqu'elle le suivait

« jusque sur le Calvaire. Je vous ouvre ici
« tout mon cœur ! »

On ne saurait rien ajouter à une douleur
si pieuse et si bien sentie.

En 1823, l'abbé Prevost fut nommé premier vicaire à Saint-Vivien, et dès lors
s'occupa exclusivement du service de la
paroisse. Après avoir fait ses cinq ans de
prison, comme il le disait gaîment lui-
même, il cessa ses fonctions d'aumônier de
Bicêtre, et emporta avec lui les regrets des
prisonniers et de l'administration tout entière.

Dès son arrivée à Saint-Vivien, il avait
montré sa merveilleuse aptitude à faire
fleurir dans une paroisse, par son zèle et par
son exemple, les bonnes mœurs, la religion
et la charité. M. Aubouin, alors curé de
Saint-Vivien, apprécia bientôt son jeune
vicaire ; il fut heureux de le présenter à ses
paroissiens comme son fidèle coopérateur
et le soutien que Dieu lui avait donné dans
ses infirmités ; il jouissait comme un père
de ses succès, il inspirait son zèle et encou-

2.

rageait ses efforts. De son côté, l'abbé Prevost, plein de vénération pour ce bon pasteur, n'agissait jamais que par ses conseils ou avec son autorisation ; ainsi une douce harmonie s'était établie entre eux ; l'un était la tête, l'autre le bras ; tous deux n'avaient qu'une seule pensée, la gloire de Dieu et le salut des âmes.

Tout d'abord les catéchismes et les instructions de l'abbé Prevost avaient attiré une foule considérable. Mais ce fut surtout au retour d'un voyage à Paris, qu'il donna à cette œuvre une grande extension. Les catéchismes de persévérance, admirablement organisés à Saint-Sulpice, excitèrent en lui une pieuse émulation. Il fit part de son projet à M. Aubouin, dont l'approbation n'était pas douteuse, et qui s'empressa d'établir cette œuvre dans sa paroisse ; toute la ville suivit bientôt cet exemple. Ces pieuses réunions avaient pour but, comme leur nom l'indique, de continuer les instructions de la première communion, et de présenter aux adultes une théorie plus approfondie du dogme et de la morale catholique. Elles joignaient à cet avantage celui d'offrir aux pauvres gens, surtout en hiver, un passe-temps agréable et un asile assuré contre les rigueurs de la saison. Ainsi, au lieu de rentrer, après l'office, dans leurs pauvres demeures, où il leur aurait fallu faire des dépenses de lumière et de bois, ils trouvaient dans l'église de Saint-Vivien une spacieuse chapelle, planchéiée par les soins du bon abbé Prevost, où le froid ne venait plus distraire et engourdir l'attention. Du reste, des auditeurs de tout âge, de tout sexe et de tout rang, se pressaient à ces conférences du soir. La chapelle devint bientôt trop étroite; et, pour éviter la confusion, on fut obligé de distribuer des numéros d'ordre à ceux qui désiraient y être admis. Il fallait voir l'abbé Prevost dans ces moments-là ! Il jouissait du bonheur de ces pieux fidèles; une communication complète, non seulement de pensées, mais de sentiments, s'était établie entre lui et son auditoire; et si l'éloquence consiste à toucher le cœur et à persuader l'esprit, il était vraiment éloquent.

Ces conférences du soir eurent les résultats les plus heureux; la face de la paroisse Saint-Vivien fut entièrement renouvelée; un grand nombre de jeunes personnes formées par les leçons de l'abbé Prevost, portaient dans leur famille, et plus tard dans leur ménage, cette piété solide et pratique dont l'influence est si puissante sur le cœur d'un père ou d'un époux. L'abbé Prevost avait compris cette grande vérité, que la société est faite à l'image de la famille, et que l'homme, chef de la famille, se forme sur les genoux de sa mère; aussi, dans l'exécution de ses pieux desseins, appela-t-il toujours à son aide les jeunes personnes et les mères de famille, dont le dévouement et l'affection ne lui firent jamais défaut.

Avec un tel levier, l'abbé Prevost pouvait faire, et fit, en effet, des prodiges. Non content de propager le règne des bonnes mœurs et de la religion, il voulut aussi assurer aux pauvres nombreux de Saint-Vivien des se-

cours aussi abondants que possible, et
rendre plus efficace, en le régularisant,
l'exercice de la charité. C'est dans ce but
que, de concert avec M. Aubouin, il organisa, en 1822, l'œuvre des *filles de Bon-Secours*,
destinée au soulagement des pauvres, particulièrement des infirmes et des malades.
Il s'adjoignit douze ouvrières et quatre
dames de charité, qui se chargèrent de porter les secours au domicile des indigents.
Mais ces secours, il fallait les trouver, et la
difficulté était grande dans une paroisse où
les pauvres étaient plus nombreux que les
personnes aisées. C'est ici que la charité
suggéra à l'abbé Prevost d'ingénieuses inspirations. Il initia à son projet les nombreux
auditeurs de ses conférences, et les conjura
de l'aider dans la fondation d'une œuvre
aussi nécessaire. Cet appel fut entendu, et
voici quelles furent les bases du traité inter-
venu entre l'abbé Prevost et ses auditeurs:
chaque souscripteur s'obligeait à verser
tous les mois cinq centimes, somme modeste qui devait, quelques années après,

faire des merveilles avec l'œuvre de la Propagation de la Foi; c'était là le *minimum*, le *maximum* était abandonné à la générosité de chacun. Ainsi fut fondée la rente annuelle des pauvres de Saint-Vivien.

Pour augmenter encore ses ressources, l'abbé Prevost composa plusieurs scènes dialoguées, en prose et en vers, sur des vérités morales et religieuses, et même deux tragédies tirées de l'Écriture sainte, *Joseph* et *Judith*, qu'il fit représenter ou plutôt réciter par de jeunes enfants à la chapelle des conférences du soir, tous les premiers dimanches de chaque mois. Ce pieux et naïf spectacle attira longtemps, à Saint-Vivien, une grande multitude qui déposait généreusement dans la bourse des pauvres le tribut de sa reconnaissance et de son admiration (1). La vente de ces petites pièces, imprimées dans la suite, contribua encore au succès de cette

---

(1) La première *récitation* de la tragédie de *Judith* rapporta aux pauvres, en moins d'un quart d'heure, plus de trois cents francs.

charitable entreprise. Ces dialogues, écrits rapidement, et en grande partie pendant la nuit (car les travaux de son ministère absorbaient toute la journée de l'abbé Prevost), ont été, depuis leur publication, complètement modifiés par l'auteur. Nous entrerons plus loin dans quelques détails à ce sujet. Quel que soit d'ailleurs le jugement que l'on porte sur la valeur littéraire de ces ouvrages, ils ont, à nos yeux, le mérite incontestable d'avoir procuré à de pieux fidèles des distractions innocentes, d'avoir fait réussir une bonne œuvre, d'être par conséquent eux-mêmes une bonne action.

Les souscriptions et les quêtes avaient formé le patrimoine des malheureux. Une maison donnée par une personne généreuse devint le siége de l'œuvre et le centre des opérations charitables de l'abbé Prevost. La confiance générale dont il jouissait valut aux indigents de précieuses libéralités ; enfin, Dieu et son zèle l'aidant, il parvint à fournir la maison des pauvres de linge, de vêtements, de médicaments de toute espèce.

Persuadé, en outre, que les bénédictions du
ciel pouvaient seules rendre son œuvre durable et féconde, il engagea M. Aubouin à
la mettre sous la protection spéciale des
sacrés Cœurs de Jésus et de Marie, dont la
fête, célébrée d'abord à Saint-Vivien, se répandit rapidement dans les autres églises
de Rouen. Des indulgences spéciales, dont
la paroisse de Saint-Vivien jouit encore, lui
furent accordées à cet effet. Ce fut à cette
occasion que, désireux de donner à l'autel
du sacré Cœur un ornement indispensable,
et n'ayant pas d'argent, il vendit, pour sub-
venir à cette dépense, deux antiques, deux
souvenirs de famille, sa montre et sa taba-
tière.

Cette œuvre fleurit à Saint-Vivien jusqu'à son départ en 1834. Aujourd'hui elle
est heureusement continuée par les sœurs
de Saint-Vincent de Paul, qui, à l'exemple
et sous la direction du charitable pasteur de
Saint-Vivien, multiplient les aumônes et les
dévouements dans cette paroisse devenue
plus populeuse et plus pauvre que jamais.

C'est dans ces pieuses occupations que s'écoulait la vie de l'abbé Prevost. Nous venons de voir ce qu'il fit pour les pauvres de la paroisse ; les pauvres honteux furent aussi l'objet de sa plus vive sollicitude. Se faisant un devoir, pour ménager leur délicatesse, de leur porter lui-même les secours qui leur étaient nécessaires, il employait différentes petites ruses à n'être pas découvert. Tantôt il cachait dans les plis de sa soutane des vêtements et même du pain, tantôt il se rendait chez les pauvres pendant la nuit. C'est à l'occasion d'une de ces visites qu'arriva l'anecdote suivante, dont nous pouvons garantir l'authenticité.

Une nuit, une patrouille de la garde nationale, traversant une rue voisine de Saint-Vivien, aperçoit un individu qui marchait avec précaution et rapidité, portant un matelas sur la tête. Les gardes nationaux croient naturellement avoir affaire à un voleur, et, mus par ce zèle pour la défense de la propriété qui honore cette corporation, ils se mettent en devoir d'arrêter ce personnage suspect. Malgré ses réclamations, il est conduit au poste. Et là, qui reconnaît-on? un prêtre, le vicaire de Saint-Vivien, l'abbé Prevost. Pris en flagrant délit de charité nocturne, il explique alors avec simplicité que ce matelas est destiné à un pauvre honteux, et supplie ces messieurs de vouloir bien lui permettre de continuer sa route. « Nous ne souffrirons jamais, s'écrient les gardes nationaux, que vous portiez vousmême ce fardeau, nous nous en chargeons et nous allons vous accompagner. » Il fallut céder à la force armée, et l'abbé Prevost, avec son escorte, s'enfonça dans les rues tortueuses de la cité. Arrivé à un certain endroit, il s'arrête, remercie ses compagnons, et les prie de ne pas le suivre plus loin, *parce que la personne qu'il allait secourir désirait rester inconnue.* Il prend alors le matelas, disparaît par un détour, et quelques instants après revient débarrassé de son fardeau. Ajoutons que c'était de son propre matelas qu'il disposait ainsi. Un pareil fait n'a pas besoin de commentaire. Du reste,

ce n'est pas le seul de ce genre. Une autre
fois, on le vit porter, à onze heures du soir,
des bottes de paille à une pauvre famille.
Enfin, combien d'actions semblables, échap-
pées aux regards curieux, n'ont eu d'autres
témoins que les ténèbres de la nuit !

Il visitait souvent les malades et les infirmes, et leur prodiguait les consolations
spirituelles avec un dévouement infatigable.
En voici un exemple bien touchant. Une
femme était retenue dans son lit par une maladie nerveuse qui lui faisait éprouver sans
relâche, pendant tout le cours de la journée, d'horribles convulsions. Cette maladie
présentait ce singulier caractère que son
influence ne se faisait pas sentir pendant la
nuit, et ne commençait à se manifester tous
les jours que vers six heures du matin.
Cette femme n'avait d'autre consolation dans
son infortune que la participation fréquente
au sacrement de l'Eucharistie ; et pour ne
pas la sevrer de ce bonheur, l'abbé Prevost
lui apportait la communion plusieurs fois
par semaine dès quatre heures et demie du

matin. Pendant douze ans, l'hiver comme l'été, il ne cessa de rendre ce pieux office à cette pauvre malade.

Tant de travaux et de vertus avaient peu à peu répandu au loin la réputation de l'abbé Prevost, et fixé l'attention de ses supérieurs. Le 24 avril 1834, Mgr le cardinal de Croy le nomma curé de Saint-Nicaise. Déjà, quelques années auparavant, la question de son changement avait été agitée, et M. Motte, alors curé de la Cathédrale, s'était flatté de compter au nombre de ses vicaires son élève de prédilection; mais l'idée d'une séparation avait paru tellement affliger M. Aubouin, il s'était montré si sensible à la seule pensée de perdre dans l'abbé Prevost son coopérateur et son bras droit, que, par égard pour ses vertus et ses infirmités, on lui laissa son vicaire jusqu'à sa mort.

L'abbé Prevost quitta en pleurant cette paroisse de Saint-Vivien où semblait le retenir à la fois et le bien qu'il avait fait et le bien qui lui restait à faire. Néanmoins il obéit sans murmure; il partit, léguant son œuvre à ses dignes successeurs, mais non sans jeter quelque regard de regret sur cette église chérie où il laissait et d'où il emportait tant de souvenirs. La paroisse de Saint-Vivien le pleura alors aussi amèrement que Saint-Nicaise et la ville entière devaient le pleurer vingt ans plus tard.

Son installation à Saint-Nicaise eut lieu le 31 mai 1834, sous la présidence de M. l'abbé Vauquelin, archidiacre de Rouen. Parmi les signatures apposées au procès-verbal d'installation, nous avons remarqué celle de M. l'abbé Picard, et celle de M. l'abbé Motte dont la présence à cette cérémonie est une nouvelle preuve de l'affection qu'il ne cessa de porter jusqu'à la mort au bon curé de Saint-Nicaise.

Jusqu'ici M. Prevost n'avait eu à signaler que son zèle et son dévouement apostolique; à côté de ces vertus dont il continua de donner l'exemple jusqu'à la mort, il déploya dans la direction de la paroisse Saint-Nicaise toutes les qualités d'un bon administrateur. A son arrivée, il trouva de grandes réformes à faire, mais son habileté ne fit pas défaut à son courage. Des registres tenus avec un ordre admirable, exposèrent les ressources et les charges de la paroisse, les usages de son église, le nombre et la position des familles pauvres à secourir. Enfin, à force de travail et de persévérance, il établit dans les finances de la fabrique un parfait équilibre.

L'entretien de son église fut aussi l'objet de son attention. On peut bien dire de l'abbé Prevost, qu'il était dévoré du zèle de la maison de Dieu : pauvre sur sa personne et dans son presbytère, la splendeur du temple était sa seule richesse. Aussi le dénûment de sa nouvelle église l'affligea-t-il profondément, et chercha-t-il à y porter un prompt remède. La malpropreté régnait dans le sanctuaire, il rendit à ses dorures leur ancien éclat; les murs étaient noirs et dégradés, il les fit réparer et repeindre ; on manquait des objets les plus nécessaires au culte, il pourvut à tout (1). Pour encourager les ouvriers, il se mit lui-même à l'œuvre, et aida au nettoyage de l'église ; car, disait-il, « c'est aux mains consacrées à Dieu à « faire briller son temple. »

Quàm sanctis manibus splendet benè Numinis ædes !

Ces premières dépenses une fois faites, il en rendit compte à la fabrique et montra les notes, qui s'élevaient à près de 16,000 fr. Les fabriciens se récrièrent : c'était une folie, c'était la ruine de l'église, et autres exclamations semblables. Le bon curé les laissa dire ; puis, avec ce sourire malin qui lui était naturel : « J'ai voulu vous faire peur, leur « dit-il, mais soyez tranquilles, tout est « payé. » Ses quêtes et ses sacrifices avaient obtenu ce résultat. Bientôt son église devint, sinon l'une des plus riches, au moins l'une des plus propres et des mieux tenues de la ville. Il lui donna jusqu'à la bannière, les

---

(1) Il n'y avait pas même de nappe de communion. Les personnes qui s'approchaient de la sainte table étaient obligées de se passer de main en main une simple serviette.

lustres et l'horloge qu'on y voit encore aujourd'hui ; et à son départ de Saint-Nicaise,
il y laissa un grand nombre d'ornements,
dont on lui avait fait présent.

C'est encore à lui que la paroisse doit
l'érection de ce calvaire placé entre le presbytère et l'église, dont l'aspect, ordinairement simple et sévère, était heureusement
métamorphosé tous les ans à l'époque de
la Fête-Dieu, et présentait alors un féerique
assemblage de grottes, de cascades, de jets
d'eau, qui en faisait l'un des plus curieux et
des plus charmants reposoirs de la ville (1).
Plusieurs raisons engagèrent l'abbé Prevost
à construire ce calvaire; il les a toutes consi-
gnées dans un écrit fort intéressant, intitulé :
*Recherches historiques sur l'ancien calvaire de
la rue Saint-Hilaire.* Le principal motif était,
à ses yeux, la nécessité, réelle surtout dans
une paroisse pauvre, de présenter aux regards des malheureux et des affligés l'image

(1) C'est M. Prevost qui, dans cette circonstance, se
servit le premier du talent de M. Fagot, généralement ap-
précié aujourd'hui

de l'Homme-Dieu qui avait travaillé comme eux dans sa jeunesse, et dont les souffrances pouvaient seules les former à la patience et à la résignation. Ainsi, ce tendre pasteur cherchait tout ensemble à soulager les misères corporelles des indigents, et à leur prodiguer les consolations intimes et religieuses dont le cœur du pauvre a tant besoin.

Telle fut, en effet, la pensée de toute sa vie. « Trop rarement, dit-il dans les poésies latines qu'il a laissées, trop rarement les portes sont ouvertes aux pauvres; qu'ils voient au moins s'ouvrir devant eux la porte de leur père! O prêtre, si tu ne peux leur accorder tout ce qu'ils te demandent, au moins compatis à leurs souffrances et donne-leur des consolations! »

. . . . Rara patescunt
Ostia pauperibus; pateant saltem ostia patris!
Quidquid poscit inops si non tibi copia dandi,
Compatiens saltem mœsto solatia præbe.

Grâce au zèle de son nouveau pasteur, l'église Saint-Nicaise vit se déployer dans son sein un culte et des cérémonies tou-

jours convenables, quelquefois splendides.
Inspiré à la fois par sa charité et par sa
piété, l'abbé Prevost avait le génie des
fêtes religieuses. Nous avons vu qu'il contribua puissamment à propager dans la ville le
culte des sacrés Cœurs de Jésus et de Marie.
Il établit à Saint-Nicaise plusieurs autres
fêtes, qui ne manquaient jamais d'attirer la
pieuse curiosité de nombreux fidèles. L'une
de ces fêtes, entre autres, était marquée
par l'offrande solennelle d'un pain bénit,
lequel, envoyé de la part du curé de Saint-
Nicaise, avec une image comme souvenir, à
toutes les personnes charitables de la ville,
rapportait annuellement aux pauvres un
bénéfice des plus abondants.

L'abbé Prevost transporta dans sa nouvelle paroisse les institutions si heureusement établies à Saint-Vivien. Ses catéchismes furent suivis avec empressement;
il organisa, soit pour les jeunes personnes,
soit pour les jeunes gens, des associations
qui avaient pour but de les maintenir dans
la pratique de leurs devoirs religieux;

chaque congrégation avait annuellement sa fête, qui était pompeusement célébrée au milieu d'un grand concours de fidèles.

Mais les pauvres furent surtout l'objet de la plus tendre sollicitude du charitable pasteur. Il établit à Saint-Nicaise l'œuvre qui avait produit à Saint-Vivien des fruits si abondants ; la maison des pauvres fut munie de secours de toute espèce. Une pharmacie, où les médicaments étaient gratuitement distribués, prospéra sous la direction des personnes dévouées qu'il préposa à cette bonne œuvre. En un mot, dans les plus profonds asiles de la misère, sur tous les lits de douleur, la voix de plusieurs milliers d'infortunés et d'indigents prononça avec reconnaissance le nom de l'abbé Prevost.

Entre autres innovations que lui doit Saint-Nicaise, il est un usage trop touchant pour être passé sous silence. Tous les ans, à l'époque de Noël, il faisait faire, par des personnes charitables, plusieurs trousseaux de petits enfants. Ces trousseaux étaient

solennellement offerts et bénits à la crèche
de l'enfant Jésus, le lendemain de la Nati-
vité ; puis on les donnait aux enfants pauvres
qui venaient au monde la nuit ou au moins
à l'époque de la naissance du Sauveur.

Le dévouement de l'abbé Prevost pour
les pauvres, c'est là son caractère distinctif,
et l'un de ses plus beaux titres de gloire.
Déjà nous avons traité ce point ; nous y re-
venons encore avec bonheur, car c'est surtout à Saint-Nicaise que l'abbé Prevost a
prodigué les trésors de sa miséricordieuse
compassion pour les infortunés ; c'est de là
que l'odeur de ses bonnes œuvres s'est ré-
pandue dans toute la ville ; c'est là que la
génération nouvelle l'a connu ; enfin, c'est
là que son nom est devenu le synonyme et
comme la personnification de la charité.

Il n'avait par lui-même aucune fortune ;
aussi, après avoir donné le peu qu'il possédait, était-il obligé de faire appel à la bienfaisance publique. Quêtes, sermons, démarches, quelquefois désagréables et humi-
liantes, toujours fatigantes et pénibles, rien

ne lui coûtait, quand il s'agissait des pauvres.
D'ailleurs, ses vertus lui avaient mérité la
confiance d'un grand nombre de personnes,
qu'il savait associer à ses pieux desseins, et
dont les généreuses libéralités lui permet-
taient de donner à sa charité une extension
à peine croyable. En voici la preuve. Un
prêtre qui devait prêcher dans son église,
il y a environ dix ans, attendait dans sa bibliothèque le moment de monter en chaire ;
il jette, par hasard, les yeux sur un registre
ouvert et lit : *Note des aumônes faites aux
pauvres.* Le montant s'élevait à près de
110,000 fr. Et il a vécu encore dix ans dans
une paroisse où la misère était grande.
Ajoutons que les aumônes qu'il faisait en
secret aux pauvres honteux, ne seront jamais complètement connues. Qui pourra
compter la multitude de ses bonnes œuvres
et les bienfaits qu'il a semés sous ses pas ?
Son humilité nous en a dérobé une grande
partie, mais ce que nous savons nous per-
met de deviner le reste.

La bonté, la douceur avec laquelle il

donnait, rehaussait encore le prix de sa bienfaisance aux yeux des pauvres; aussi, voyaient-ils en lui non seulement un soutien, mais un consolateur et un ami. Un bienfait de l'abbé Prevost n'humilia jamais celui qui en était l'objet. Il ne se contentait pas de donner le nécessaire aux indigents, mais il avait encore pour eux de ces attentions fines et délicates qui savent cacher une aumône sous l'apparence d'un cadeau. Ainsi, le jour de la fête patronale, il disait à ses paroissiens : « Mes frères, il n'y a pas de bonne fête sans lendemain. En conséquence, demain les pauvres auront droit à une gratification extraordinaire; chacun recevra une côtelette ou un pot de confitures, à son choix. » Voici un autre trait du même genre. Un jour, par extraordinaire, il dînait en ville; mais, selon sa coutume, il causait beaucoup plus qu'il ne mangeait. Au dessert, néanmoins, il ne manqua pas de prendre un gâteau à chaque assiette de pâtisserie qui passait devant lui; mais il ne touchait à rien et se contentait d'entasser, tout en se

livrant à une conversation fort animée, les
pièces les plus délicates. « Mais, monsieur
l'abbé, lui dit enfin la maîtresse de la maison, prenez donc un peu de ce plat que
vous avez si bien composé. » Et chacun de
rire. « Madame, répondit M. Prevost, ce
n'est pas pour moi que j'ai voulu travailler;
avec votre permission, je porterai tout cela
à mes pauvres infirmes, qui seront si heureux de goûter ces douceurs qu'ils ne con-
naissent pas. » On juge bien que toute la
pâtisserie qui se trouvait sur la table, fut
immédiatement adjugée à l'abbé Prevost;
et depuis lors, cette dame, fort charitable
du reste, lui envoyait, tous les ans, des gâ-
teaux et du vin pour ses pauvres.

Il avait, dans l'exercice de la charité, une
grâce et je dirai presque une gaîté qui
charmait les malheureux. La gaîté n'était
pas seulement dans le caractère de l'abbé
Prevost; elle faisait, en quelque sorte, partie
de sa vertu, et il avait trouvé le secret de
la sanctifier par l'usage qu'il savait en faire.
Les actes les plus beaux, les plus chari-

tables, il les accomplissait, en apparence,
avec insouciance et gaîté, comme s'il ne les
eût pas trouvés dignes d'être faits sérieuse-
ment. En ce sens, on peut dire que sa gaîté
était la gardienne de son humilité; nous en
citerons un exemple frappant.

Un soir (c'était l'hiver dernier, à l'é-
poque des froids rigoureux dont le pauvre
a tant souffert), un malheureux, n'ayant
pour toute chaussure qu'une méchante
paire de sandales à demi usées, l'arrête
dans la rue et lui demande des souliers.
Le curé réfléchit un moment, puis il em-
mène ce pauvre homme dans un endroit
écarté. Là, il ôte un de ses souliers, et lui
dit de l'essayer. L'homme obéit. « Va-t-il
bien ? — Parfaitement, monsieur le curé.
— Eh bien! tenez, essayez l'autre, afin de
voir s'il vous ira aussi bien. — Mais, monsieur le curé, ce n'est pas la peine; si l'un
me chausse bien, il en sera de même de
l'autre. — Essayez, essayez néanmoins; on
ne peut pas savoir. » Puis, quand ce pauvre
homme est muni de la paire de souliers :

« Voyons, dit le curé, si vos sandales ne feraient point mon affaire. » Et sans laisser à son interlocuteur le temps de placer une seule observation, il s'éloigne au plus vite avec sa nouvelle chaussure, dont l'aspect dut fort étonner sa servante.

Que de fois sa sœur, bonne et pieuse fille, mais que les intérêts de la maison empêchaient de porter aussi loin le dévouement et l'abnégation, que de fois ne gronda-t-elle pas son frère de ses générosités faites aux dépens du ménage ou de la garde-robe ! Tantôt le pot-au-feu avait disparu, tantôt elle ne trouvait plus le compte du linge de l'abbé Prevost, car il arriva plus d'une fois que le bon curé, dans ses visites, se dépouilla même de sa chemise pour la donner à un malheureux ; tantôt, enfin, elle cherchait inutilement ses propres vêtements ; et quand elle demandait avec humeur à son frère ce qu'il avait fait de ces objets, il répondait, en souriant, qu'ils étaient en bonnes mains et très-bien placés ; il ajoutait qu'on les lui rendrait plus tard. C'est ainsi qu'il

3.

levait quelquefois sur sa sœur un impôt
forcé, quand sa bourse était à sec. Un jour,
il rencontre dans la rue une pauvre femme
qui pleurait amèrement. Il s'informe de
l'objet de sa douleur ; elle lui apprend
qu'elle vient de renverser à terre et de
perdre sans ressource des fruits et des gâ-
teaux sur la vente desquels elle comptait
pour acheter ce jour-là du pain à ses enfants. Il n'avait pas d'argent sur lui ; heureusement sa sœur vint à passer par là : elle
allait au marché faire les approvisionne-
ments du ménage, et ces jours-là, pour
cause, elle évitait la rencontre de son frère.
Mais elle ne réussit pas en cette occasion ; il
captura tout l'argent qu'elle avait dans son
tablier, le donna à cette pauvre femme, et
sa bonne sœur, tout en murmurant, reprit
le chemin de la maison.

L'abbé Prevost aimait non seulement les
pauvres, mais encore les personnes placées
dans une position modeste et peu aisée, les
ouvriers, les artisans, tous ceux, en un mot,
qui gagnent leur pain à la sueur de leur

front. C'est surtout cette classe de la société qu'il a évangélisée ; c'est à elle que s'adressaient toutes ses sollicitudes pastorales ; c'est vers les humbles et les petits que le portaient les secrètes prédilections de son cœur et le genre familier, paternel, de sa parole. L'abbé Prevost aima vraiment le peuple comme il aima les pauvres ; toute sa vie il resta fidèle à cette devise que nous lisons dans ses poésies, et qui est bien digne de son noble cœur :

Magna sacerdotum laus est succurrere plebi.
Se dévouer au peuple est la gloire du prêtre.

Un fait curieux vient à l'appui de cette assertion. Il avait été invité à prêcher une station à la Cathédrale ; il accepta, mais à condition que le prix des chaises serait fixé à un liard. L'église était pleine, mais pleine d'ouvriers, d'artisans, de pauvres gens ; pleine, non pas précisément de gens *comme il faut*, mais de gens *comme il lui en fallait*.

Ce n'était pas que cet amour de l'abbé Prevost pour les classes inférieures dérivât en lui d'une inclination purement naturelle,

et qu'il n'y eût que douceur et agrément
dans ce commerce d'affection qui unissait
le pasteur et ses paroissiens. Le croire
serait une grande erreur. Sans doute le
peuple, les pauvres aimaient l'abbé Prevost,
et nous en avons vu, à sa mort, des preuves
bien touchantes. Mais l'abbé Prevost, lui
aussi, connut par expérience l'ingratitude
et l'injustice si naturelles à l'homme; souvent il eut à déplorer l'inutilité de ses efforts, l'endurcissement de bien des cœurs,
et il fut témoin d'une misère morale plus
triste que la misère du corps. Aussi, et sa
vertu n'en est que plus grande, c'est avant
tout le sentiment du devoir qui lui fit aimer
les pauvres, et sa raison, sa conscience
durent souvent venir au secours des défail-
lances de son cœur. Mais jamais il ne divul-
gua ces secrets de l'expérience et de la charité, à moins qu'il ne fût obligé de donner
des renseignements nécessaires ou utiles.
Comme il connaissait le pauvre mieux que
personne, ses renseignements étaient toujours concis, justes, désintéressés; chez lui

point de partialité, point de faiblesse, mais
la conscience et le devoir. Était-il obligé de
faire au sujet d'un pauvre un rapport peu
favorable, il savait le dédommager de ses
propres deniers. « Ne nous enquérons pas,
disait-il, de la conduite de tel ou tel ; en
hiver, tout le monde a froid ! »

Avant de terminer ce qui a rapport à la
charité de l'abbé Prevost, il ne faut pas ou-
blier la part active et efficace qu'il prit
à l'établissement des Petites-Sœurs des
Pauvres. Un habitant de notre ville qui les
avait accueillies à leur arrivée, croyant que
la meilleure protection qu'il pourrait leur
assurer serait celle du curé de Saint-
Nicaise, s'empressa de les lui présenter.
Il les accueillit, elles et leur œuvre, avec
les plus vives marques de sympathie ; il
leur procura une maison où, dès le lendemain, entrèrent deux pauvres vieillards,
leur fournit les premiers secours, les mit
en rapport avec des personnes charitables
et influentes, et donna l'essor à cette sainte
entreprise, si florissante aujourd'hui. Le

cœur de l'abbé Prevost était fait pour comprendre le dévouement et l'abnégation saintement héroïques des Petites-Sœurs des
Pauvres ; il manifesta souvent le désir de
terminer chez elles, au milieu de leurs bons
vieillards, sa carrière sacerdotale ; il aima
cette œuvre d'un amour de prédilection.
Il aimait aussi le séjour des Petites-Sœurs :
c'était là, en effet, cet ancien couvent des
Capucins où son père avait été élevé, et ce
cher souvenir contribuait à lui rendre
agréable ce simple et modeste asile.

N'oublions pas non plus une maison d'or-
phelins fondée sur sa paroisse, et que
l'abbé Prevost soutint, comme toutes les
bonnes œuvres, de ses conseils et de ses
aumônes.

Enfin ajoutons, comme dernier trait, que
sa charité était universelle, qu'elle s'éten-
dait à toute la ville, peut-être même dans
un cercle encore plus vaste. Il suffisait
d'être malheureux pour avoir droit à ses
aumônes. Plusieurs personnes nous ont at-
testé qu'elles avaient souvent porté des se-

cours, de sa part, dans des quartiers très-
éloignés de sa paroisse (1).

A cet amour pour les pauvres, l'abbé
Prevost joignait une autre vertu, sinon plus
belle, au moins plus rare, l'amour de la
pauvreté. Tout, sur sa personne et dans
son presbytère, tout annonçait la sainte
pauvreté, la pauvreté évangélique, la pauvreté volontaire. Son ameublement se com-
posait de chaises d'église; encore disait-on
en riant que c'était le rebut de la paroisse
et qu'il n'était pas sûr de s'y asseoir. Ses
vêtements répondaient au reste, et la pro-
preté était le seul luxe qu'il se permît. Souvent l'argent manquait chez lui. Son linge
étant presque totalement usé, ses amis
furent obligés de se cotiser pour le renou-

---

(1) La charité de l'abbé Prevost était encore universelle,
en ce sens qu'elle savait comprendre et embrasser toutes les
bonnes œuvres. Il avait établi au bas de son église deux
troncs, l'un en faveur de la Sainte-Enfance, l'autre pour
l'œuvre de la Propagation de la Foi. — Il trouva le moyen
d'envoyer des secours considérables aux victimes des inon-
dations de la Loire, de la trombe de Monville et d'autres
désastres publics.

veler. Du reste, son amour pour la pauvreté
procédait à la fois et de son amour pour les
pauvres et de la haute idée qu'il s'était faite
de la perfection sacerdotale ; il ne voulait
rien avoir, non seulement parce qu'il voulait tout donner, mais parce qu'il ne se
croyait pas le droit de rien posséder en
propre. On lui avait fait cadeau d'une paire
de bas de soie ; il la fit vendre au profit des
pauvres, disant qu'un prêtre ne devait pas
porter des choses aussi brillantes.

Voici encore un trait bien touchant qui
nous donne en même temps l'idée de sa
pauvreté et de son admirable délicatesse.
Durant le cours de son avant-dernière maladie, en 1837, il arriva qu'il ne se trouva
pas d'argent chez lui pour acheter des médicaments. Alors il fit chercher ce qui lui
était nécessaire, à la pharmacie des pauvres ;
et, quoique ce fussent surtout ses travaux
et ses sacrifices qui eussent fondé cet établissement, et qu'il eût bien le droit d'y
puiser, au moins à titre de premier pauvre
de sa paroisse, il recommanda expressé-

ment de prendre une note exacte de tout
ce qu'il empruntait à la pharmacie. « Car,
ajouta-t-il, c'est le bien des pauvres, et
quand j'aurai de l'argent, je paierai. »

Sa table avait toujours été plus que modeste; il n'aurait pas voulu se nourrir mieux
que les indigents; mais, depuis son avant-
dernière maladie dont nous venons de parler, et qui fut la suite de ses grandes fa-
tigues, les frais de consommation furent
pour lui presque totalement supprimés; sa
santé entièrement délabrée ne lui permit
plus de prendre aucune nourriture solide.
Pendant dix-sept années il se soutint, ou
plutôt Dieu le soutint providentiellement;
deux ou trois potages par jour, avec un peu
de vin sucré, telle fut jusqu'à la fin sa seule
subsistance. Aussi, longtemps avant sa
mort, le corps n'était-il plus rien pour
lui; ce n'était guère qu'un esprit se tra-
hissant encore par un léger souffle; on eût
dit qu'à chaque instant cette âme allait
quitter sa fragile enveloppe; l'obéissance
à Dieu et la charité pour ses frères sem-

blaient seules prolonger son séjour ici-bas.

Du reste, la mortification des sens avait été l'étude particulière de toute sa vie. Dans une élégie qu'il composa à l'occasion de la mort de son père, après l'avoir pleuré en bon fils, il fait tout à coup un retour sur lui-même, et s'écrie :

Apprends, jeune homme, apprends, au tombeau de ton père,
A mépriser ton corps indigne de tes soins.
Soumets ce vil esclave, il deviendra poussière,
Réprime ses désirs ; qu'il n'ait que ses besoins.

Ce dernier trait caractérise admirablement l'abbé Prevost. Nul n'a poussé plus loin que lui le mépris de tout ce que le monde recherche, l'oubli de ses propres intérêts et même de ses propres besoins.

Le feu lui fut, toute sa vie, chose parfaitement inconnue, quoique sa complexion délicate le rendît très-sensible au froid ; et dans sa dernière maladie, on fut obligé de faire acheter un soufflet pour échauffer sa chambre ; encore eut-on bien de la peine à le faire consentir à cette dépense. La seule soutane qu'il possédât étant venue à s'user, il en fit faire une autre de son manteau d'hiver, et pendant de longues années resta aussi peu couvert dans la saison des froids que dans l'été. Accablé d'infirmités, souvent malade, il supportait tous ses maux avec une résignation admirable et les acceptait en expiation de ses fautes. « La multitude de mes péchés, disait-il, me crie de toutes parts que j'ai mérité les douleurs que j'endure, et la mort qui me menace. »

Quàm numerosa cohors peccatorum undiquè clamat
Me mala quæ patior meruisse necemque minantem!

Et prenant occasion des maladies du corps pour s'élever à des pensées toutes spirituelles : « O douleur! nous gémissons, quand notre corps est malade; mais les maladies de l'âme, qui les pleure, qui cherche à les guérir? »

Proh dolor ! ingemimus, morbus quandò irruit in nos;
Sed morbos mentis quis flere et pellere curat ?

Du reste, nous pouvons affirmer que des pénitences secrètes contribuèrent trop efficacement à l'épuisement de sa santé. Nous tenons d'un respectable ecclésiastique le fait suivant. L'abbé Prevost, étant allé donner une retraite dans une ville du diocèse d'Evreux, eut besoin, pendant qu'il y séjournait, de changer de linge. Cet ecclésiastique, alors vicaire de la paroisse, lui prêta une chemise, et quand l'abbé Prevost la lui rendit, il aperçut à la ceinture des marques fraîches et sanglantes d'une mortification extraordinaire. Ce fait ne nous surprend pas : pour quiconque a remarqué la démarche gênée de l'abbé Prevost et un certain *tic* qui indiquait chez lui une souffrance habituelle, il est évident que sa pénitence alla encore plus loin qu'on ne le croit communément.

Fidèle à l'idéal qu'il s'était formé de la perfection sacerdotale, l'abbé Prevost ne fit pas seulement la guerre à ses sens, mais aussi à la sensibilité, qu'il regardait comme la sensualité du cœur. Né avec une organisation nerveuse et impressionnable, il était sensible à la louange, sensible au blâme, sensible surtout à l'affection. Aussi,

ayant dès sa jeunesse consacré son cœur à
Dieu seul, s'efforça-t-il, durant toute sa vie,
d'en bannir ces mouvements bons et légitimes en eux-mêmes, mais trop naturels,
qui l'auraient porté à jouir secrètement de
l'estime des hommes, à chercher un bonheur ou des consolations trop humaines, soit
dans la reconnaissance de ceux qu'il obligeait, soit dans les épanchements de l'amitié. Sans doute il eut des amis, et des amis
dévoués, et en grand nombre ; mais il voulait que le cœur du prêtre fût austère, et
que Dieu fût son premier confident ; il voulait que le motif de la gloire de Dieu domi-
nât tous les autres, et que le sentiment
intime de la joie ou de la douleur lui fût
complètement subordonné. Comme un
autre, il savait goûter la douceur de ses
succès évangéliques, il était ému des misères du pauvre, attendri de ses actions de
grâces ; mais il s'efforçait de cacher ses sentiments au fond de son cœur, comme
s'il eût craint de brûler sur l'autel de son
amour-propre un encens réservé pour Dieu

seul. Comme tout autre enfin, il eut ses
peines et ses chagrins ; mais il les a bien
rarement ou pour mieux dire jamais dé-
voilés. Jaloux que son sacrifice fût absolu ,
il souffrait en silence sous l'œil de Dieu.
« Repousse sévèrement, disait-il , les con-
solateurs trop plaintifs; cherche ta consolation dans la prière. »

. . . . . Solantes muliebriter arce
Immitis, precibusque Dei solatia quære.

Sans doute une telle perfection n'est pas
le partage du plus grand nombre; pour
beaucoup, la sensibilité doit être une qualité , et c'est une qualité bien rare; en général on pèche plutôt par défaut que par
excès de sensibilité ; c'est seulement quand
on est riche, comme l'abbé Prevost, d'amour,
de charité et d'abnégation, qu'il est permis,
qu'il est même nécessaire d'en retrancher
quelque chose, et d'imposer la raison au
cœur, autant qu'on peut le faire sans le dé-
truire.

Est-il nécessaire de dire que l'abbé Prevost fut un modèle admirable de l'humilité

la plus profonde? Toutes les vertus que nous avons signalées en lui supposent nécessairement l'humilité. Ajoutons que l'humilité en rehaussait singulièrement l'éclat. Néanmoins, ce ne fut qu'à force de lutter contre un amour-propre assez vif qu'il parvint à conquérir cette vertu ; il connaissait parfaitement son ennemi, et ne dissimulait pas son penchant naturel à la vanité. « L'abbé Prevost, dit-il naïvement dans une « de ses lettres, peut souffrir un peu à « Bicêtre, mais on l'y veut encore jusqu'à « présent. Il n'aurait pas tant de mérite à « souffrir à la Cathédrale, où sa vanité ai- « merait assez à se voir intronisée. Dieu « ne l'y veut pas, il paraît. »

L'abbé Prevost méditait souvent sur l'humilité, et elle fait le sujet de deux lettres spirituelles fort remarquables qu'il écrivit à une religieuse.

Dans la première, cet esprit sage et ennemi de toute exagération pose en principe que c'est la vertu la plus rare et la plus difficile à acquérir; qu'il ne faut pourtant

pas s'imaginer que, pour être vraiment
humble, il soit nécessaire d'en venir au point
de ne voir en soi que des défauts. « Sur cet
« article, dit-il, comme sur tout autre , il
« convient d'avoir des pensées justes, c'est-
« à-dire qu'on doit reconnaître en soi quel-
« que bien réel, qui ne vient pas de nous ,
« il est vrai, mais enfin qui se trouve en
« nous, et qu'il ne faut pas refuser d'y voir.
« D'ailleurs, agir autrement serait en quel-
« que sorte dire à Dieu qu'il a fait des dons
« aux autres, et qu'il ne nous a rien donné.

« Ne soyons point de ces caractères scru-
« puleux qui s'imputent toujours une faute,
« lorsqu'ils reconnaissent quelque chose
« de bon en eux. Pourquoi être injuste en-
« vers soi-même ? L'injustice n'est permise
« envers personne. Nous ne voudrions pas
« faire passer les excellentes qualités de
« notre prochain pour des défauts. Il ne
« faut pas le faire non plus à notre égard.
« Ce qui est bien , est également bien chez
« nous comme chez les autres.

« Ainsi , je le répète avec saint François

« de Sales, ne craignons point d'aperce-
« voir les vertus qui sont en nous, tout
« en reconnaissant qu'elles viennent de
« Dieu seul. Jusque-là, l'humilité n'est
« pas blessée, et la connaissance de nos
« moyens, faibles sans doute, nous ani-
« mera à les employer à la gloire de Dieu :
« ce que nous ne ferions pas si nous ne
« voulions absolument voir en nous qu'un
« fonds inépuisable d'incapacité et d'inap-
« titude à toute sorte de bien. Et c'est ainsi
« que l'humilité mal entendue ôte de la
« gloire au Seigneur.

« Mais le pas est glissant, dira-t-on.
« Aussi, pour éviter le piége souvent ca-
« ché dans la connaissance de nos facultés,
« prosternons-nous aux pieds de Jésus-
« Christ, et ne regardons jamais nos
« bonnes qualités sans lever en même
« temps nos yeux vers lui, et lui dire : *Non*
« *nobis, Domine, non nobis*. Sa vue nous
« rappellera qu'il nous a tout donné. Son
« amour pour nous nous engagera à tout
« lui consacrer. Son souverain domaine

4

« sur nous et sur nos talents nous rappel-
« lera que tout ce que nous avons est à lui ;
« et de là naîtra en nous une vraie humi-
« lité, quoique nous n'ayons pas refusé de
« remarquer dans notre âme les dons de
« Dieu, en sorte que nous serons humbles à
« ses yeux, comme nous devons l'être, et en
« même temps moins pusillanimes, moins
« persuadés que nous ne sommes propres à
« rien. De la modération en tout, c'est le
« caractère de la vraie piété. »

Observons en passant que, par excès même d'humilité, l'abbé Prevost ne fut pas toujours fidèle à la théorie si judicieuse qu'il a donnée de cette vertu ; il lui arriva souvent de ne pas se rendre justice à lui-même et de méconnaître le bien qu'il faisait. On peut dire que beaucoup d'hommes sont orgueilleux parce qu'ils ne se connais-sent pas ; l'abbé Prevost ne se connaissait pas non plus, c'était là tout à la fois l'effet et la cause de son humilité.

Dans la seconde lettre, il développe cette pensée, que, pour être humble, il n'est

besoin que de jeter un coup d'œil sur son
amour-propre. « En effet, dit-il, il y a tant
« d'horreur, de déraison, de dérèglement,
« de petitesse d'esprit, tant d'injustices
« renfermées dans cet amour-propre, que,
« pour peu qu'on se considère, on se sent
« pressé de s'anéantir, de se condamner à
« l'obscurité la plus entière, à la privation
« de tout éloge de soi-même... Nous nous
« idolâtrons nous-même, et comme il serait
« trop humiliant pour nous d'être obligé
« de reconnaître que nous aimons ce qui
« est dépravé, alors nous nous supposons
« en esprit toute sorte de belles qualités ;
« pour notre corruption, nous la donnons
« aux autres, afin que leur laideur fasse
« ressortir davantage notre prétendue
« beauté. La plupart de ces prétendues
« qualités que nous nous accordons vo-
« lontiers sont, en quelque sorte, renfer-
« mées dans la mauvaise idée que nous
« avons de notre prochain, et le plus sou-
« vent nous n'avons mauvaise opinion de
« lui que parce que nous ne pouvons con-

« sentir à penser de nous défavorablement.

« Si l'on nous interrogeait pour savoir si
« le prochain doit être humble, nous ré-
« pondrions promptement qu'ayant autant
« de défauts et de corruption que nous lui
« en connaissons, il aurait grand tort de ne
« pas l'être. C'est un aveu précieux que
« peut-être nous ne devrions pas faire,
« mais qui atteste que nous sommes per-
« suadé qu'il ne faut que rentrer un instant
« en soi-même pour commencer à avoir
« des sentiments bas de sa personne...
« Repliez-vous donc sur vous-même, et
« vous verrez s'il est beaucoup besoin de
« méditer sur d'autre sujet que sur ses
« propres misères, pour devenir doux et
« humble de cœur. »

L'abbé Prevost s'appliqua constamment
à observer ces principes pendant toute sa
vie. S'il reconnaissait les grâces qu'il avait
reçues du ciel, c'était pour s'efforcer de les
faire servir à la gloire de Dieu en s'effaçant
lui-même, ou pour gémir sur la faiblesse
et sur les infirmités de sa nature qui lui

avaient paru l'empêcher d'en faire un meilleur usage. Aussi, sur son lit de mort, ce laborieux ouvrier de la vigne du Seigneur, beaucoup plus effrayé à la pensée du mal qu'il croyait avoir fait que rassuré par la vue du bien qu'il avait pu faire, s'écriait-il avec cet accent de componction qui lui était si familier : « J'ai cherché à être utile à mes frères, et cependant je suis bien misérable ! »

Il avait l'idée la plus humble de ses talents et de ses ouvrages, dont il ne parle jamais qu'avec indifférence et même avec mépris. Rend-il compte d'un de ses sermons : « Comme à l'ordinaire, dit-il, j'ai « sans doute fait plus souffrir que je n'ai « converti (1). » Ailleurs : « Je n'ai pu re-

_____

(1) Etant encore vicaire, il fut invité à prêcher une station à l'église Saint-Ouen. Il apporta dans la chaire de la grande basilique la simplicité de langage, la familiarité d'expression dont il usait habituellement à Saint-Vivien. Un des notables de la paroisse, qui ne goûtait pas cette façon de prêcher, ne put dissimuler son mécontentement, et, au milieu d'une réunion très-nombreuse, il se permit de dire à M. Prevost : « Vraiment, monsieur l'abbé, quand on prêche

« trouver tel manuscrit; la perte n'est pas
« grande. Quelle distance de ma chétive
« versification aux vers immortels d'*Atha-*
« *lie!* Quoi qu'il en soit de ces dialogues,
« je désire qu'ils soient utiles aux enfants. »
La réflexion suivante se lit au commence-
ment de son recueil de lettres spirituelles :
« Ces lettres sont, comme tous mes autres
« ouvrages, marquées au coin de la médio-
« crité; et même, pour rendre ici entière-
« ment hommage à la vérité, je dois dire
« qu'elles sont encore plus médiocres que
« le reste de mes œuvres, parce que je les
« ai composées dans les premières années
« de mon ministère.» Cette dernière pensée
indique un jugement solide : ce n'est pas

---

aussi mal que vous, il vaudrait mieux ne pas accepter et
rester chez soi. — Eh bien ! Monsieur, lui répondit hum-
blement l'abbé Prevost, une autre fois je n'accepterai plus. »
Tant de modération désarma son impertinent agresseur, qui
lui fit sur-le-champ des excuses, et depuis lors lui envoya
tous les ans, en réparation de sa faute, une somme de 500 fr.
pour les pauvres. Aussi l'abbé Prevost disait-il souvent :
« Plût au ciel qu'il m'arrivât tous les jours de semblables
compliments ! »

par le brillant qu'il apprécie le mérite d'un livre, mais par le degré d'expérience et de maturité qui se manifeste chez l'auteur.

Il fuyait avec empressement les honneurs et les distinctions, dont il ne se croyait jamais digne. Un jour, après une visite dans une communauté qu'il dirigeait, Mgr le prince de Croy voulut bien l'inviter à prendre place dans sa voiture; jamais on ne put l'y faire consentir.

Nous n'avons qu'un reproche à adresser à l'humilité de l'abbé Prevost, c'est de nous avoir privés d'un précieux souvenir. Il y a quelques années, on l'avait forcé de laisser faire son portrait; mais cette concession avait paru lui donner quelques remords, car il le brûla quelque temps avant sa dernière maladie, ne sachant pas sans doute que son image resterait gravée à jamais dans le cœur de tous ceux qui ont eu le bonheur de le connaître.

En 1834, sa nomination à la cure de Saint-Nicaise avait effrayé sa modestie; après vingt ans d'expérience et de labeurs, il se croyait toujours incapable de soutenir un tel fardeau. Il répétait souvent qu'il n'avait pas assez de vertu pour être curé, qu'il ne faisait plus de bien dans sa paroisse, etc. Il fallut, dans les dernières années de sa vie, tout l'ascendant d'une amitié sincère et éclairée pour l'empêcher de donner sa démission plus tôt qu'il ne l'a fait.

Et cependant fut-il jamais un pasteur plus fidèle à ses devoirs, plus dévoué à son troupeau? Durant les vingt années qu'il fut curé de Saint-Nicaise, il ne manqua pas un seul jour à dire la messe de six heures, après avoir fait lui-même la prière et une instruction familière, mais pleine de solidité. Le confessionnal partageait, avec l'étude et les pauvres, le reste de sa journée; on le voyait, revêtu d'un rochet, comme un soldat sous les armes, aller et venir sans cesse du presbytère à l'église, et de l'église au presbytère; il confessait souvent jusqu'à onze heures du soir, et, la veille des fêtes, pendant une grande partie de la nuit. Jamais on ne put

lui persuader de modérer un zèle aussi pré-
judiciable à sa santé.

Deux graves motifs expliquent d'ailleurs
cette assiduité au confessionnal. En premier lieu , c'est là qu'il recevait une
grande partie des secours qui assuraient
l'existence de ses pauvres ; c'est là que
souvent , le soir , des personnes étrangères
venaient remettre entre ses mains de généreuses aumônes , et disparaissaient ensuite sans se faire connaître. Mais une
raison plus puissante encore le retenait au
saint tribunal, c'était le zèle du salut des
âmes et de la conversion des pécheurs. Il
n'ignorait pas que des hommes, d'ailleurs
bien intentionnés , mais esclaves du respect
humain, sont souvent effarouchés par la clarté
du jour et les apparences d'une trop grande
publicité. Voilà pourquoi ce bon pasteur,
assis tous les soirs près du puits de la grâce
et de la miséricorde, attendait avec patience
la brebis infidèle et timide. Son assiduité admirable ôtait tout prétexte à la lâcheté de
l'âge mûr, ou à l'impatience de la jeunesse,

4.

qu'une exactitude moins grande aurait peu
à peu éloignée de la fréquentation des sacrements. Aussi peut-on dire que l'abbé Prevost
a fait des miracles au tribunal de la pénitence.
Que de consciences depuis longtemps souil·
lées sont-elles venues se décharger à ses
pieds du poids qui les accablait! Que de
réconciliations n'a-t-il pas opérées! Que de
restitutions ont passé par ses mains! Un
jour, une personne, entrant dans un des ap-
partements de son presbytère, le trouva
rempli de bobines, de trames, de chaînes
et de pièces de toile. « Monsieur le curé, lui
dit-elle, avez-vous donc envie de vous faire
fabricant? — Oh! répondit-il, dès demain
tout cela aura disparu. » Et, en effet, c'étaient
des objets dérobés que des ouvriers qu'il
confessait le chargeaient de restituer à leurs
patrons.

A propos des restitutions considérables
opérées par l'entremise de l'abbé Prevost,
citons un trait fort intéressant.

Un jour, il arrive au comptoir d'un commerçant avec une somme de 600 fr. qu'il

était chargé de lui restituer. Il demande à
parler au maître de la maison ; celui-ci lui
fait répondre qu'il est trop occupé pour le
moment, et qu'il n'a pas le temps de des-
cendre. L'abbé Prevost insiste ; le commerçant arrive tout en colère, grondant contre
ce *prêtre* qui le dérangeait, et, du plus loin
qu'il aperçoit l'abbé Prevost : « Monsieur,
lui dit-il, si vous venez me parler de con-
fession, vous saurez que je n'en *mange* pas.
— Je ne viens pas vous parler de la confes-
sion, Monsieur, répondit le bon curé, mais
je vous en apporte les fruits. » Puis il lui
met l'argent dans les mains, et se retire.
Le commerçant, frappé des paroles de l'abbé
Prevost, court après lui, le force d'accepter
pour ses pauvres une aumône considérable,
et se convertit immédiatement.

Prêtre instruit, guide sûr et éclairé,
l'abbé Prevost dirigeait avec sagesse et avec
prudence ; il avait toujours égard à la position particulière de chacun ; plein de l'esprit
de la sainte Écriture et des Pères de l'Église,
il entrait au confessionnal muni d'une doc-

trine qu'il communiquait à ses pénitents
avec une abondance et une variété admirables. Dans sa direction tout était substan-
tiel, rien n'était abandonné à la routine;
il avait toujours à vous dire quelque chose
qu'il ne vous avait pas encore dit, et savait
varier la forme sous laquelle il présentait
les vérités immuables du salut.

Le nombre de ses pénitents était immense; de toutes les paroisses de la ville,
on venait s'adresser à lui. Il avait la confiance de beaucoup d'ecclésiastiques. D'un
autre côté, des personnes qui avaient vécu
sans songer à Dieu demandaient souvent
son assistance au lit de la mort, et voulaient
recevoir par son ministère les derniers secours de la religion.

L'abbé Prevost fut le type du bon pasteur; on peut dire de lui qu'il se faisait tout
à tous. Bon pour les enfants, il se plaisait
à former leur cœur, à les voir figurer dans
les processions et dans les cérémonies religieuses; sa complaisance pour eux n'avait
point de bornes, et cet homme sérieux et

mortifié ne refusa pas d'employer mainte fois sa muse pour obtenir une promenade ou un congé aux jeunes filles de l'hospice ou à de petites pensionnaires. Il était indulgent pour la jeunesse, qui l'occupa d'une manière toute particulière ; le nombre des jeunes personnes et des jeunes gens qu'il a soutenus dans la vertu ou retirés du vice est incroyable. Enfin il était compatissant pour la vieillesse ; il se plaisait à faire des instructions aux bons vieillards des Petites-Sœurs des Pauvres, et ne craignait pas de quitter ses brebis chéries pour aller sur la montagne de Bonsecours, en dépit de la pluie ou des ardeurs du soleil, visiter une dame âgée qui comptait sa visite au nombre de ses plus douces consolations.

Telle était la bonté de son cœur pour ses frères (1) ; mais, sévère pour lui-même, il

---

(1) Voici un bien bel exemple de sa générosité et de son abnégation : un soir, on lui vola son manteau, qu'il avait oublié dans son confessionnal. Quelques jours après, on découvrit que l'auteur de ce larcin était une pauvre mère de famille ; aussitôt, quoique ce manteau fût le seul qu'il possédât, il lui fit dire qu'il le lui donnait.

s'est constamment refusé tout; et l'on peut
dire qu'il s'est souvent retiré le pain de la
bouche pour le donner aux pauvres. Nuit
et jour, il était à la disposition de tout le
monde. Rentré chez lui; après la journée la
plus fatigante et la mieux remplie, on l'a
vu interrompre son frugal repas pour aller
confesser une pauvre femme. Il se réserva
toujours le droit d'administrer les malades
et les infirmes, surtout à l'époque de la
communion pascale; il voulait les faire
jouir de la visite de leur pasteur, et se
rendre compte par lui-même de leur santé.
En un mot, il demeura ferme à son poste
jusqu'à la fin, et sa sœur resta vingt ans
supérieure de l'hospice de Caudebec, sans
recevoir une seule fois sa visite.

Sa piété n'avait rien de triste ni d'austère; elle était aimable et solide. Il la faisait
consister plutôt dans une humble soumis-
sion à la volonté de Dieu, dans le mépris
de soi-même, dans la tranquille observation de ses devoirs, que dans *les grands
mouvements, les ardeurs séraphiques et les*

pieux incendies (ce sont ses expressions),
qui ne sont ici-bas le partage que de
quelques saints privilégiés, et dont il craignait les dangereuses illusions pour les
âmes encore novices dans la vie spirituelle.
« L'amour, disait-il encore, se montre davantage dans la patience, que lorsqu'il se
consume en efforts inutiles. »

Plus se prodit amor patiens urgente dolore,
Quàm si sudando sese consumere curet.

Dans la vie privée, rien de plus facile, de
plus agréable que son commerce; il était en
quelque sorte d'une simplicité d'enfant, de-
mandant avec humilité, recevant avec reconnaissance le peu qui lui était nécessaire
pour subsister. Il se montrait affectueux
pour ses parents et pour sa sœur aînée, à
la mort de laquelle il fut très-sensible. Sa
douceur ne se démentit pas un seul instant
de sa vie; il fut aimable et bon jusqu'au
dernier jour.

A ces qualités du cœur, l'abbé Prevost
unissait une grande instruction, et surtout

de précieuses connaissances littéraires. Son amour pour l'étude dura autant que sa vie. S'il ne pensait pas à Dieu ou à ses pauvres, il s'occupait de science et de littérature; souvent il dérobait quelques heures au sommeil pour se livrer à la lecture ou à la composition. La seule richesse de son humble presbytère, c'était sa bibliothèque, l'une des plus belles de la ville. Mais les livres sont un besoin pour le prêtre, et l'usage qu'il en a su faire pendant sa vie et après sa mort, le justifie complètement sur ce point. On y voyait réunis les chefs-d'œuvre de la littérature ecclésiastique et des bons auteurs profanes. Sa bibliothèque était son séjour de prédilection. Rentrait-il de l'église, pouvait-il disposer de quelques minutes, il montait à sa bibliothèque, écrivait quelques lignes de prose ou de poésie sur un cahier toujours ouvert pour recevoir ses inspirations; puis il courait où l'appelait son devoir; et, quand il rentrait chez lui, il achevait, souvent pendant la nuit, ce qu'il avait commencé entre deux confessions.

L'abbé Prevost n'a pas perdu un seul instant de sa vie ; il savait le secret de multiplier le temps ; dans ses courses, pendant ses repas, son esprit travaillait toujours ; aussi, malgré ses prodigieuses occupations, trouva-t-il le moyen de publier plusieurs ouvrages, de les corriger jusqu'à la fin de ses jours, et de remplir de ses compositions un nombre assez considérable de manuscrits.

La sainte Bible et les écrits des Pères étaient ses lectures favorites Parmi les modernes, il estimait surtout les *Sermons* de Bourdaloue et les *Conférences* du P. Ventura ; il disait souvent que pour quiconque avait lu et médité ces deux hommes, la vérité de la religion était plus évidente que la clarté du jour.

L'abbé Prevost a exprimé lui-même d'une manière bien énergique son amour pour la lecture des livres saints, dans des *conseils* qu'il donne à un jeune prêtre.

« Il t'est nécessaire, lui dit-il, d'avoir une instruction solide ; mais que la science des

saints t'apprenne seule ce qu'il faut ap-
prouver et ce qu'il faut proscrire. Dévore
le livre sacré avec un cœur insatiable, jusqu'à ce que ta tête tombe appesantie par le
sommeil sur la page que tu médites ! » Puis
il ajoute : « Toutefois quitte promptement,
et avec plaisir, la lecture des livres saints
pour aller voir tes malades. »

. . . . Penitùs tibi scire necesse est.
. . . . Sanctorum tibi pura scientia solùm
Suppeditet quid sit damnandum quidve tenendum.
. . . .
Manduces sacrum haud saturando corde volumen ;
Præ somno vultum labentem pagina doctrix
Suscipiat ! . . . .
Scripturam lege, quam tamen, ægros visere velox,
Linque lubens. . . . .

Il s'est peint lui-même dans ces beaux
vers ; ils resteront comme un témoignage
de son amour pour l'étude, qu'il sut néanmoins subordonner en toute circonstance à
l'accomplissement de ses devoirs.

Il lisait également les bons auteurs profanes, surtout les poëtes latins et les poëtes
français du xviie siècle, qu'il possédait par-

faitement et dont il savait faire à propos d'heureuses citations. D'ailleurs aucun des livres qui composaient sa bibliothèque ne lui était étranger. Venait-on le consulter sur quelque matière, il mettait immédiatement la main sur le livre et sur la page où l'on pouvait trouver des renseignements et des solutions. Pour tout dire en un mot, il connaissait ses livres comme ses pauvres. Du reste, sa bibliothèque était ouverte à tous; il prêtait, avec la plus grande complaisance, les ouvrages qu'elle renfermait, après avoir préalablement inscrit sur un registre le nom de l'emprunteur (1).

La conversation de M. Prevost était fort agréable, à la fois sérieuse et enjouée. Il faisait bon le voir, tous les ans, à son grand

---

(1) La bibliothèque de M. Prevost fut, pendant son séjour à Saint-Vivien, le siége et le centre d'une conférence ecclésiastique. C'était dans cet arsenal que les membres de la conférence venaient puiser leurs arguments et préparer leurs travaux. Ils se réunissaient tous les quinze jours, et chacun faisait, à son tour, une dissertation sur le dogme, la morale ou la discipline. Cette conférence cessa d'exister à son départ de Saint-Vivien.

dîner de la Saint-Nicaise, le seul qu'il don-
nât dans l'année, entretenir la gaîté parmi
les convives, et les exciter à faire honn-
neur à son repas, sans toutefois prêcher
d'exemple en cette occasion. Sa grande instruction lui permettait de traiter avec
avantage toute sorte de matières ; mais il
savait égayer une dissertation savante, par
de piquantes anecdotes et des détails intéressants. Esprit droit et juste, fin et dé-
lié, il eût même été caustique, si la charité
et l'humilité n'eussent réprimé ses saillies.

Il ne sortait guère que pour aller voir ses
pauvres ou pour faire les visites que lui im-
posaient les bienséances ; aussi la plupart de
ses amis ne le voyaient-ils chez eux que bien
rarement. Il faisait pourtant une exception

Outre sa bibliothèque particulière, l'abbé Prevost fonda
dans son presbytère une bibliothèque pour les pauvres, où
se lit encore cette inscription :

Corporibus pietas dùm fert miserata medelam,
Par erat et præbere animis solatia libros.

« Puisque la charité prend soin des maladies du corps, il
est juste qu'elle donne aussi aux cœurs affligés la consolation des livres. »

en faveur du grand séminaire, où il se rendait presque tous les jours. Les souvenirs de ses premières années l'y ramenaient sans cesse; il aimait à venir se retremper à cette source de la vie sacerdotale; d'ailleurs, le vénérable supérieur du séminaire et ses dignes coopérateurs étaient bien faits pour lui rappeler par leurs vertus ses anciens maîtres dans la carrière ecclésiastique. Il aimait aussi ces jeunes lévites, dont il enviait le bonheur et la tranquillité; il prenait part avec plaisir à leurs réjouissances, à leurs fêtes de famille, et tous les ans, le jour de la Saint-Louis de Gonzague, il adressait à M. le supérieur une pièce de vers, tantôt latine, tantôt française. L'un de ces compliments était un virelai avec ce refrain :

Il n'est que d'être avec vous ,
Votre sort fait des jaloux.

En tête on lisait cette épigraphe : *Il n'est que d'être au séminaire ; il est bon d'y revenir quelquefois, et même souvent.* L'abbé Prevost, à la grande satisfaction du supérieur et des élèves, pratiqua toujours cet adage. Enfin il a donné au séminaire une dernière preuve de son affection, en lui laissant sa bibliothèque et, avec elle, tout son cœur. Former sa bibliothèque avait été l'occupation persévérante de toute sa vie; et il répétait souvent que par là il travaillait autant pour le séminaire que pour lui-même. D'ailleurs, c'était pendant son séjour au séminaire qu'avec une douzaine de bouquins et de vieux in-folio, il avait jeté les fondements de sa précieuse collection; il voulait donc qu'elle revînt au lieu de son origine, et de plus il était heureux de pouvoir ainsi reconnaître les délicats et généreux services par lesquels le séminaire avait toujours aidé son ministère pastoral.

Cette âme grande et dévouée savait comprendre tous les dévouements, toutes les grandes choses; aussi croyons-nous ne pas pouvoir mieux terminer le tableau de ses vertus, qu'en parlant de son amour pour les ordres religieux. Dans les premières années de sa carrière sacerdotale, il

avait voulu se faire missionnaire ; heureusement pour notre ville, M. Aubouin, curé de
Saint-Vivien, s'y était énergiquement op-
posé ; mais l'abbé Prevost conserva toujours
une grande sympathie pour tous les ordres
religieux en général, dont sa vie rappelait
la pauvreté et les mortifications. Bien que
ses fonctions pastorales l'eussent mis plus
particulièrement en rapport avec les communautés de femmes, il ne parlait jamais
qu'avec vénération de ces ordres illustres
qui, dans les derniers siècles, ont si courageusement aidé les pasteurs de l'Église. Il
aimait surtout les Franciscains, sans doute
parce qu'ils faisaient une profession particulière d'humilité et de pauvreté. « Vous cri-
« tiquez, écrivait-il, la longueur de ma
« barbe ; mais vous ne savez pas si je n'ai
« pas envie de me faire capucin ; ce que je
« puis vous dire, c'est que j'ai toujours eu
« un attachement singulier pour l'ordre de
« saint François d'Assise, et je dois cette
« disposition de mon cœur au soin que pre-
« nait mon père de m'en faire souvent l'é-

« loge. » Il la devait sans doute aussi à la
vertu attractive qu'exerçait sur son âme
tout ce qui portait l'empreinte de l'amour
de Dieu et du dévouement à ses frères.

Voici, du reste, comment il s'exprime à
cet égard, dans un de ses écrits :

« Pour peu qu'on lise l'histoire des ordres
« religieux, on reconnaîtra que c'est tou-
« jours de personnes pleines de foi que
« Dieu a coutume de se servir pour établir
« ces maisons précieuses où le christia-
« nisme se conserve dans sa pureté, où
« même les conseils évangéliques sont ob-
« servés avec autant de fidélité que le Déca-
« logue et les préceptes de l'Église. Les
« divers fondateurs des établissements mo-
« nastiques n'ont pas tous également brillé
« par la science, mais tous ont été des
« personnes de foi et de piété. »

M. Prevost a laissé plusieurs lettres spirituelles, adressées à des religieuses, et
dans lesquelles il exprime d'une manière
touchante l'intérêt qu'il portait à leur avan-
cement dans la voie du salut. Nous citerons

un fragment d'une de ces lettres, à laquelle
se rattache un fait bien remarquable, et qui
témoigne des heureux résultats de son influence sur les personnes qu'il dirigeait.

Une religieuse, sortie de son couvent en
1793, s'était peu à peu tellement habituée
à la vie du monde, que, bien qu'animée de
bonnes intentions et se consacrant à l'éducation des jeunes filles, elle ne songeait pas
à rentrer dans le saint asile d'où la révolu-
tion l'avait chassée. Elle n'avait pas fait, à
la vérité, de vœux perpétuels; mais l'abbé
Prevost, jaloux de la perfection de cette
âme, voyait avec peine son attachement au
siècle. Il portait d'ailleurs un intérêt tout
particulier à cette religieuse, qui lui avait
appris à lire et l'avait mis en état d'entrer à
l'école primaire. Après plusieurs démarches
inutilement tentées, plusieurs insinuations
que l'on feignait de ne pas entendre, il résolut de parler avec une sainte liberté, et
lui écrivit, le 28 février 1820, une lettre
admirable de logique et de véhémence,
dont voici la dernière partie :

« Je veux bien supposer, ma chère
« sœur, que cette mort qu'on oublie ne
« vous surprenne pas. Oh ! si vous ne ren-
« trez dans la retraite, quel moment que
« celui de votre mort ! Quel spectacle dou-
« blement lugubre ! car, ô mon Dieu ! est-il
« rien de plus triste qu'une religieuse ex-
« pirant au milieu du monde ! Mais qu'ai-je
« dit ? Une religieuse ! Oui ; et quoiqu'elle
« le soit réellement, tout autour d'elle lui
« dispute un si beau titre. Je n'aperçois pas
« ici cet habit religieux ou quelque insigne
« du moins de sa sainte profession, qui
« lui donnait droit à être secourue par
« l'ange de la communauté ! Je n'aper-
« çois point ces tendres sœurs qui de-
« vaient baigner de leurs larmes leur
« compagne expirante ; je n'aperçois point
« ces enfants qui regrettent la sœur et sa
« charmante affabilité.

« Où sont donc ses consolations dans
« ces moments suprêmes, auxquels elle
« n'avait pas assez pensé ?

« Infortunée victime de je ne sais quelles

« raisons frivoles, qui va vous soutenir
« dans la dernière lutte ? Les jeunes filles
« que vous avez instruites ? Ce ne sont pas
« celles que le Seigneur voulait que vous
« formassiez, et elles disent tout bas : Nous
« n'aurions pas dû recevoir ses leçons.
« Quel remède à vos maux ? Des connais-
« sances faites au milieu du monde ? Eh !
« vous aviez promis à Dieu de n'en avoir
« pas d'autres que lui et vos sœurs !

« Cependant je vois le monde qui cher-
« che à vous adoucir les horreurs de l'ago-
« nie. Le monde qui console une religieuse
« à la mort ! Grand Dieu ! quel renverse-
« ment d'idées !

« Mais le souvenir de votre consécration
« à Dieu tempèrera peut-être vos peines.
« O cruel souvenir ! Pourquoi faut-il, direz-
« vous, que je ne puisse t'écarter en cet
« instant funeste ! Pendant ma vie, tu me
« laissais quelque repos. A quoi bon me dé-
« clarer aujourd'hui une guerre inutile ? O
« juge terrible ! privez-moi d'une impor-
« tune mémoire.

« Hélas ! il n'est que trop vrai, oui, je
« suis religieuse, et je ne porte aucune
« marque de mon saint état en présence
« du tombeau ouvert pour m'engloutir. O
« criminelle honte ! tu m'as trompée. Je
« vais donc mourir autrement que je ne
« l'avais promis à mon céleste époux. C'en
« est fait ; il n'y a plus de temps ! Je vais
« paraître devant lui !

« Vous serez donc très-certainement
« présentée au tribunal de Dieu, et alors il
« vous dira : O âme qui m'étiez unie par
« les liens les plus sacrés, d'où venez-vous ?
« — Seigneur, du milieu du monde. —
« Qu'y étiez-vous, et qu'y vouliez-vous
« être ? — Religieuse, divin époux. — Re-
« ligieuse au milieu du monde ? Est-ce moi
« qui vous avais placée parmi tant de périls,
« et m'aviez-vous promis d'être religieuse
« au sein de la séduction ? Comment y
« avez-vous vécu ? Avec qui désormais sera
« votre partage ?....

« Tel est, ma chère sœur, l'accablant
« interrogatoire qui vous attend, telle est

« l'irrévocable sentence que vous avez à re-
« douter. Je vous en conjure par l'amour
« que Dieu a eu pour vous dans votre jeu-
« nesse, et par les saints vœux que vous
« avez faits, repliez-vous ici sur vous-
« même, et dites au Seigneur : Que de
« grandes vérités vous m'avez fait entendre,
« et que je ne puis contester! Vous m'éclai-
« rez, grand Dieu! Pourquoi résisterais-je
« plus longtemps? Oui, tout me rappelle à
« mon ancien état, mon nom, mon salut,
« l'impossibilité d'être au milieu du monde
« ce que je dois être. Tout me rappelle à
« mon état, d'heureux souvenirs et l'assu-
« rance de revenir là où Dieu me veut.
« Tout me rappelle à mon état, mes cha-
« grins mêmes, et mon âme incessamment
« flottante, et jamais bien consolée! Je me
« lèverai donc et j'irai dans ma chère soli-
« tude. Oui, c'en est fait, Seigneur, j'ai
« trop longtemps différé! Aujourd'hui,
« triomphez, triomphez de mes sacriléges
« délais. Donnez-moi encore une grâce,
« achevez ce qu'un frère, ce qu'un ami sin-

« cère a commencé ; et qu'après avoir aban-
« donné ce qui ne saurait jamais vous valoir,
« je vous serve enfin dans la liberté des
« enfants de Dieu.

« Ma chère sœur, vous m'avez dit de
« vous parler avec franchise ; je l'ai fait.
« J'avais cette ouverture de cœur à effec-
« tuer vis-à-vis de vous depuis longtemps,
« mon désir est satisfait. Mes conseils sont
« d'un jeune homme, il est vrai ; néanmoins
« ils vous seront peut-être utiles, et après
« avoir vu avec une grande joie ma propre
« sœur se faire religieuse, le plus grand
« plaisir que j'éprouverai sera de vous voir
« réunie à vos compagnes ; j'espère ce bon-
« heur si désirable. Si je l'obtiens, je suis
« content. Je compte sur une réponse dans
« le plus bref délai. »

La réponse ne se fit pas attendre. La grâce
toucha cette religieuse, qui se réunit enfin
à ses anciennes sœurs, et mourut au couvent des dames d'Ernemont, au milieu des
jeunes personnes qu'elle instruisait.

M. Prevost contribua efficacement à l'éta-

blissement de la communauté de l'Immaculée-Conception. Nommé, en 1835, supérieur
de cette maison, il aida de ses sages conseils
Mlle Chevalier, en religion sœur Marie-
Joseph, qui en était la fondatrice. Son dévouement pour cette œuvre se manifesta
d'une manière bien frappante à la mort de
cette sainte religieuse. Mlle Chevalier avait
été obligée de contracter des dettes et ne
laissait pas de fortune pour les acquitter.
Sa communauté, composée alors de trois ou
quatre religieuses aussi pauvres qu'elle,
se trouva plongée tout à coup dans le plus
triste embarras et dans la détresse la plus
profonde. Heureusement, l'abbé Prevost
mit à leur service son dévouement et son
activité; on le vit porter lui-même à ces
pauvres filles des objets de première nécessité dont elles étaient totalement dépour-
vues. Il fit plus : à force de démarches, de
quêtes et de sacrifices, il satisfit leurs créan-
ciers et leur loua une maison située rue du
Petit-Maulévrier, successivement habitée
par les dames de Saint-Joseph et par les

dames du Bon-Pasteur, et que les dames de l'Immaculée-Conception occupent encore aujourd'hui. Non content de les avoir sauvées d'une ruine inévitable, M. Prevost consacra tous ses efforts à leur assurer un avenir prospère; et s'il n'a pas fondé cette maison, au moins l'a-t-il complètement réorganisée.

D'autres communautés eurent aussi à se louer de son zèle. A sa mort, il était confesseur des dames du Saint-Sacrement de la rue Bourg-l'Abbé, des dames de Saint-Joseph de la rue Poisson, et des Petites-Sœurs des Pauvres, ainsi que de leurs vieillards; il était, en outre, supérieur des dames du Bon-Pasteur, dont l'œuvre sublime trouva en lui un admirateur sincère et un charitable coopérateur. C'était le confesseur de leurs pénitentes. Si sa vertu et son expérience n'étaient pas déjà suffisamment connues, le choix qu'on fit de lui pour une mission aussi difficile et aussi délicate suffirait à en donner la plus haute idée.

Veut-on savoir maintenant quel juge-

ment l'abbé Prevost portait sur lui-même
et sur ses travaux ? Voici ce qu'il en pensait :

« Mes prédications, dit-il, ont peu tou-
« ché ; mon ministère dans l'Église n'a
« jamais été qu'un vain bruit, *œs sonans*
« *aut cymbalum tinniens*... J'aurai toujours
« à regretter d'avoir, lorsque je me suis
« occupé d'établissements de bienfaisance
« ou de piété, oublié, par un orgueilleux
« aveuglement, mes talents si faibles et si
« médiocres. Je n'aurais jamais dû me
« mêler de rien ; mais, comme l'a dit un
« poëte de notre pays, M. d'Ornay,

Très-souvent moins on vaut, et plus on croit valoir.

« Et si les Petites-Sœurs des Pauvres sont
« parvenues à s'établir à Rouen, ce n'est
« certainement pas parce que je me suis
« mêlé de leur affaire. Si elles n'avaient eu
« que mon concours, il est plus que pro-
« bable qu'elles en seraient encore à sou-
« pirer après la Normandie. »
Dans toute autre cause le témoignage de

5.

l'abbé Prevost ne serait pas suspect ; mais ici il vaut mieux voir ce qu'il a fait que croire ce qu'il a dit.

Encore une observation sur le mérite des bonnes œuvres de M. Prevost : il était d'un caractère excessivement timide et craintif ; et cependant, quand il fallait encourager les autres ou fonder une bonne œuvre, on le voyait déployer une énergie, se livrer à des démarches qui devaient singulièrement lui répugner. C'est qu'alors l'ardeur de sa charité, le zèle pour le salut de ses frères changeaient totalement sa nature, ou plutôt lui donnaient la force de la vaincre en lui laissant le mérite de la combattre.

Les archevêques qui s'étaient succédé sur le siége de Rouen depuis que l'abbé Prevost avait reçu l'onction sacerdotale, lui avaient tous accordé des marques de leur considération particulière. Ainsi, le jour même de son ordination, il avait été nommé par Mgr Cambacérès aumônier de Bicêtre et vicaire de Saint-Vivien ; il avait prêché à Notre-Dame devant Mgr de Bernis ; le prince de Croy l'avait appelé à la cure de Saint-Nicaise. Mg^r Blanquart de Bailleul voulut aussi lui donner un gage de son estime, et daigna lui écrire, en 1851, la lettre suivante :

« Mon cher curé,

« J'apprécie depuis longtemps votre
« zèle à desservir une paroisse pauvre, où
« vous avez presque autant de malheureux
« à soutenir que de fidèles à évangéliser.
« Je dois aussi vous tenir compte de
« l'utile ministère que vous voulez bien
« exercer dans plusieurs de nos commu-
« nautés religieuses.

« Je vous envoie donc, en signe de satis-
« faction singulière et de gratitude, des
« lettres de chanoine honoraire de ma
« Métropole, et j'y joins, mon cher curé,
« l'assurance de mon sincère et bien affec-
« tueux dévouement en Notre-Seigneur.

† Louis, *Archevêque de Rouen.*

La dignité de chanoine honoraire semblait obliger M. Prevost à porter le costume

du chapitre ; mais le pauvre curé de Saint-
Nicaise hésitait à se mettre en frais pour
lui-même. Désirant le tirer d'embarras, un
personnage haut placé qu'il était allé voir,
lui remit une somme destinée à couvrir cette
dépense ; mais plusieurs semaines s'é-
coulèrent, et les paroissiens de Saint-Nicaise
attendaient en vain que leur curé se mon-
trât dans son église en grand costume de
chanoine. Quelque temps après, cette personne lui demanda pourquoi il n'avait pas
encore employé la somme qu'elle lui avait
donnée. « Ah ! répondit-il, je n'avais pas
« fait la moitié de la route, et déjà tout
« était parti. » Il fallut qu'on lui fît présent
de son costume pour qu'il se décidât à le
porter.

M. Prevost administrait depuis dix-huit
ans la paroisse Saint-Nicaise; ses forces et sa
santé s'affaiblissaient de jour en jour. Persuadé qu'il était incapable de soutenir plus
longtemps le poids du saint ministère, il
donna sa démission en 1852 ; mais
Mgr l'archevêque, appréciant tout le bien

qu'il ne cessait d'opérer, le maintint dans l'exercice de ses fonctions pastorales. C'est à cette occasion que l'on cite une parole admirable de M. Prevost. Monseigneur lui demandait comment il pourrait vivre, s'il acceptait sa démission : « Monseigneur, « répondit-il, avec la permission de Votre « Grandeur, je me retirerais chez les Petites- « Sœurs des Pauvres, *et une bonne personne* « *m'a promis trois potages par jour.* » Il est impossible d'exprimer d'une manière plus simple et plus touchante un plus complet oubli, un détachement plus sublime des choses de la terre.

En 1852, M. Prevost avait donné sa démission, parce qu'alors aucun canonicat n'était vacant. Sa délicatesse ne lui permit pas de la renouveler en 1854, parce que les choses avaient changé. Mais Mgr l'archevêque, touché de l'épuisement de ses forces, et dont le noble cœur désirait récompenser les vertus de l'un des plus saints prêtres de son diocèse, le nomma, de son propre mouvement, en mars 1854, au canonicat vacant par la mort de M. l'abbé Beuzelin.

Cette nomination fut accueillie par les sympathies de la ville entière, et ce fut avec la joie la plus vive que les nombreux amis de M. Prevost entrevirent pour lui la perspective d'une douce retraite, où il pourrait encore faire le bien en rétablissant sa santé. Mais il était écrit que cet homme qui, pendant trente-sept ans, avait arrosé la terre de ses sueurs, ne se reposerait qu'au ciel; et Dieu, l'enlevant au monde en face des honneurs et de la tranquillité qui l'attendaient, a fait assez entendre que tant de vertus ne devaient avoir d'autre récompense que lui.

Il ressentit bientôt les premières atteintes de la maladie qui l'emporta. Quelque temps après sa nomination, il était déjà frappé à mort, et les symptômes les plus alarmants ne tardèrent pas à se manifester.

Il n'eut pas la consolation d'adresser lui-même ses adieux à son cher troupeau; ce fut un professeur du séminaire qui les fit en son nom, mais jamais il n'avait été aussi présent au cœur et à l'esprit de ses bons

paroissiens. Nous n'essaierons pas de dé-
peindre leur douleur ; disons seulement que
les larmes qui coulaient de tous les yeux ,
son absence en ce moment solennel de la
séparation , cette bouche étrangère qui parlait de lui encore plus qu'elle ne parlait
pour lui, tout donnait à ces adieux l'apparence de véritables funérailles.

Cependant, au bout de quelques jours, il
parut se trouver mieux ; la mort lui accor-
dait une dernière trève, et une sorte de
convalescence trompeuse vint, pour un
moment, rendre l'espérance à tous les
cœurs. Cette amélioration momentanée lui
permit de se lever ; le 17 mai, il se résolut à
quitter ce presbytère qu'il avait habité vingt
ans. Toujours humble, il partit à l'impro-
viste et pour ainsi dire furtivement ; il prit
même un détour pour éviter les démonstra-
tions de douleur et de sympathie que la
publicité de son départ eût infailliblement
fait éclater sur son passage, et qui pourtant, en ce moment suprême, auraient été
bien douces à son cœur ! Les Petites-Sœurs

des Pauvres, averties à temps, eurent seules le bonheur de recevoir sa bénédiction ; puis, appuyé sur le bras d'un professeur du séminaire, il vint demeurer chez les dames du Saint-Sacrement de la rue Bourg-l'Abbé, en attendant que son nouveau logement fût disposé pour le recevoir.

Mais c'était dans ce saint asile qu'il devait laisser l'empreinte de ses derniers pas. Le jour de son installation à la Cathédrale, 21 mai, il se trouva plus faible, et, après cette cérémonie, on fut obligé de le ramener en voiture. Alors la maladie reprit son cours, et cette fois tout espoir fut perdu.

Un sentiment profond d'humilité et une sainte frayeur des jugements de Dieu avaient depuis longtemps inspiré à l'abbé Prevost la crainte de la mort. « O mort certaine (1),

---

(1) O mors certa, reos quis de te concutit artus
Horror, cùm reputo te mox mihi nuntia Jesu
Judicis adventùs laturam ! Muneris impar
Pondus sustinui, peccataque plurima feci
Pastor ! Mors, quid erit mihi, mors mihi proxima forsan !

« disait-il dans l'épilogue de ses poésies,
« quelle horreur s'empare de mes sens
« coupables, lorsque je songe que bientôt
« tu dois m'annoncer l'arrivée de mon
« juge! Ah! je n'ai pas su soutenir le poids
« de mon saint ministère, et, pasteur des
« âmes, j'ai commis bien des fautes! O
« mort, peut-être prochaine, ô mort, que
« seras-tu pour moi! »

Telles étaient ses appréhensions avant sa dernière maladie; mais, par une faveur particulière du ciel, l'approche de la mort sembla dissiper la crainte qu'elle lui inspirait, et il la vit venir avec le calme et la paix du juste. L'honorable médecin qui lui a donné ses soins nous a témoigné qu'il avait remarqué en lui la même sérénité, la même tranquillité d'esprit que montra M. Motte à ses derniers moments. Ces deux belles âmes devaient se ressembler jusqu'à la fin. M. Prevost resta, jusqu'à son dernier soupir, fidèle aux sentiments de toute sa vie. Une personne qui le soignait ayant voulu étendre sur son lit une assez belle couverture :

« Retirez cela, lui dit-il avec douceur, con-
« servons la sainte pauvreté. » Il manifesta
surtout une résignation admirable : « O
mon Dieu ! s'écriait-il, que vous m'ôtiez la
vie ou que vous me rendiez la santé pour
travailler encore à votre gloire, j'accepte
tout de votre main ! Que votre volonté soit
faite ! »

Le sacrifice était offert ; il ne tarda pas à
être consommé. Le mardi 20 juin, un mieux
se fit sentir ; mais c'était une lueur trompeuse : à neuf heures du soir, il se trouva
plus mal ; on avertit son confesseur, et l'on
résolut de l'administrer immédiatement.
Son digne successeur à la paroisse Saint-
Nicaise, M. Thierry, qui ne devait le
quitter qu'après sa mort, le revêtit, selon
l'usage, de ses habits sacerdotaux. Bientôt,
M. l'abbé Surgis, doyen du chapitre, accom-
pagné de M. l'abbé Barré, apporte le saint
viatique dans la chambre du malade. A cette
vue, celui-ci se découvre avec respect et
récite avec une tendre piété les prières établies par l'Église ; il écoute attentivement la

courte et paternelle exhortation de M. Surgis, et répond d'une voix assurée à toutes
les questions sur la foi qui lui sont adressées
par le prêtre, en ajoutant à chaque réponse :
Oui, j'y crois, et de tout mon cœur. Après
avoir ainsi confessé devant la mort la
croyance de toute sa vie, il reçut avec
transport la sainte communion, et l'huile
des mourants vint donner comme une dernière consécration à ce corps qui n'avait
jamais été que l'instrument de la mortification et de la charité.

Bientôt l'agonie commença : elle fut
longue et pénible; pendant sept heures,
une oppression cruelle et insupportable le
fit beaucoup souffrir; mais il ne proféra
pas la moindre plainte; sa patience et sa
douceur ne se démentirent pas un seul
instant. Comme on voulait le soulever pour
lui donner quelque soulagement, il dit, en
levant les yeux au ciel : « C'est inutile,
il faut mourir ! »

Alors sa sœur, Mme Sainte-Thérèse, se
jette aux pieds de son lit, et lui demande sa

bénédiction. « Priez, lui répond-il, priez
pour un pauvre prêtre qui va mourir ! » Puis
il lève la main sur la tête de sa sœur et la
bénit avec effusion. Il y eut alors un moment
de silence ; bientôt, sa sœur, reprenant la
parole : « Mon frère, lui dit-elle, bénissez
aussi votre successeur, qui est près de vous,
qui ne vous quittera plus et qui prie pour
vous. » M. Thierry tombe à ses pieds ; il le
prie de bénir avec lui la paroisse dont il a
été pendant tant d'années le pasteur et le
modèle. Alors le malade recueille toutes
ses forces, lève une seconde fois la main, et
d'une voix émue : « Oui, je vous bénis,
s'écrie-t-il, vous et mon ancien troupeau. »
Et il resta encore longtemps dans la même
position, la main levée, les bras étendus,
comme s'il ne se fût point lassé d'appeler
les grâces du ciel sur ses chères brebis. Il
fallut lui abaisser les mains et le forcer à se
reposer.

Enfin arriva le moment suprême. Vers
quatre heures du matin, sa respiration devint plus pénible et sa vue s'obscurcit.

Alors il chercha la main de sa sœur, et l'ayant pressée avec tendresse : « Adieu, lui dit-il, n'oubliez pas tout ce que je vous ai dit. » Puis, se tournant vers M. Thierry, qui le soutenait dans ses bras, il jeta sur lui un dernier regard d'affection, et, baisant son crucifix, il expira ! — Et tandis que sa sœur et la religieuse qui l'avait soigné pleuraient au pied de son lit, déjà, à l'église Saint-Nicaise, son successeur offrait pour lui la victime sans tache sur ce même autel où il s'était si souvent immolé lui-même avec Jésus-Christ pour le bonheur et le salut de son peuple !

Bientôt la nouvelle de sa mort se répandit dans la ville, et y excita les plus vifs sentiments de douleur. Ce fut un concert unanime de louanges, d'admiration et de regrets. L'abbé Prevost n'eut jamais un seul ennemi ; riches et pauvres, tous rendirent hommage à sa vertu.

Quelques heures après sa mort, son corps, revêtu des habits sacerdotaux, et le visage découvert, fut exposé aux regards et en quelque sorte à la vénération

des fidèles. Un grand nombre de personnes,
et surtout les pauvres, les artisans, dont il
avait été le bienfaiteur et l'ami, vinrent
prier aux pieds de son lit funèbre et con-
templer ses traits pour la dernière fois.

Il se passa alors un fait remarquable, et
que nous devons constater. Une personne, depuis longtemps éloignée de la
pratique de la religion, fut touchée de la
grâce à la vue des restes vénérables de ce
saint prêtre, et nous savons que depuis ce
moment elle est revenue à des sentiments
tout à fait chrétiens. Ainsi, après avoir converti tant d'âmes pendant sa vie, la voix de
l'abbé Prevost se faisait encore entendre au
sein de la mort.

Ses obsèques eurent lieu à la Cathédrale,
le lendemain 22 juin. La ville de Rouen en
gardera longtemps le touchant souvenir.

Jamais on ne vit un concours plus em-
pressé, une douleur plus universelle et
plus populaire. Ce jour-là, on laissa de
côté l'étiquette et les usages des funérailles. Une foule immense, composée de

personnes de tout sexe et de tout rang, suivait sa dépouille mortelle, pleurant et racontant ses vertus. Lorsque le cortége passa sur la place de l'Hôtel-de-Ville, le poste de la garde nationale porta les armes et rendit ainsi un éclatant hommage à celui dont toute la vie avait été un exercice continuel de la plus profonde humilité. Il fut inhumé au cimetière de Saint-Nicaise, où son corps attend, au milieu de ses chers paroissiens, le grand jour de la résurrection. C'est là que bientôt doit s'élever sur sa tombe un monument modeste comme sa vie, mais durable comme l'affection de ses concitoyens (1).

---

(1) Déjà les dons volontaires affluent de toutes parts pour l'érection de ce monument. Le pauvre lui-même apporte son obole avec bonheur. Nous tenons le trait suivant de M. L***, qui a bien voulu se charger de recueillir les souscriptions. Dernièrement un petit garçon l'aborde dans la rue, et lui remet bravement une pièce de *deux sous :* « Voilà, lui dit-il, pour le tombeau de ce bon M. le curé ! — Encore un autre trait du même genre : les petites filles pauvres qui suivent les écoles de la paroisse, se sont cotisées et ont donné chacune *un centime,* afin de faire dire une messe pour le repos de son âme.

L'abbé Prevost est mort pauvre comme il avait vécu : une faible somme consacrée aux frais de sa maladie, une dernière aumône aux malheureux et aux Petites-Sœurs des Pauvres, voilà son seul héritage ; après avoir tout donné, il n'avait plus à laisser à la terre que le souvenir de ses vertus et les exemples de sa vie.

Nous ne saurions mieux terminer cette notice, qu'en citant ici la péroraison d'une oraison funèbre que M. Prevost prononça autrefois, et qui semble vraiment faite pour lui-même :

« Religion sainte, élevez aujourd'hui
« votre voix vers le trône de Dieu ; intro-
« duisez dans le séjour de la gloire celui
« qui vous aima pendant sa vie. Pauvres
« secourus, artisans, infortunés, répandez
« des larmes sur sa tombe, et conservez
« le souvenir de ses bienfaits ! Vertueux
« collègues, justement affligés, dites-lui
« du fond de vos cœurs que vous n'ou-
« blierez jamais ses exemples édifiants
« et les charmes de son amitié ! »

Pour nous, que ce travail a rempli des plus douces émotions, nous nous croirons amplement récompensé de nos faibles efforts, s'ils contribuent à rendre durable la mémoire d'un tel homme, et s'ils attirent sur nous du haut du ciel ses regards et ses bénédictions !

FIN DE LA PREMIÈRE PARTIE.

SECONDE PARTIE.

LES ŒUVRES DE M. PREVOST.

Notre travail sur l'abbé Prevost nous semblerait incomplet, et nous nous reprocherions de n'avoir pas présenté sa physionomie sous toutes ses faces, si, après avoir parlé de ses vertus, nous passions sous silence les ouvrages qu'il a publiés, et surtout ceux qu'on a retrouvés dans ses papiers, après sa mort. Les personnes qui ne l'ont pas particulièrement connu, ou qui ne l'ont connu que par ses bonnes œuvres, s'étonneront peut-être de cette addition littéraire à la vie de l'humble serviteur de Dieu et des pauvres. Sans doute, à voir son extérieur

simple et modeste, sa démarche fatiguée,
son front penché vers la terre, il n'était pas
facile de découvrir en lui l'humaniste distingué, l'érudit, le littérateur. Mais tous
ceux qui ont eu avec lui des rapports plus
intimes, tous ceux qui ont pu apprécier la
solidité de son jugement, l'étendue de ses
connaissances et les heureuses qualités de
son esprit, regretteront toujours que ses
graves occupations, en absorbant sa vie entière, ne lui aient pas permis de développer
d'aussi précieuses facultés.

L'ensemble de ses œuvres, soit publiées,
soit manuscrites, est assez volumineux. Son
étonnante facilité suppléait à l'insuffisance
du temps ; d'ailleurs, hâtons-nous de le
dire au début de cette étude, l'abbé Prevost
n'eut jamais la prétention d'être auteur ; il
n'écrivait pas pour écrire, mais pour faire
le bien. « Les talents du prêtre, disait-il,
quelque médiocres qu'ils soient, doivent,
ainsi que l'exercice de son saint ministère,
tourner à l'avantage de l'Église. » Aussi la
composition de ses ouvrages ne fut-elle ja-

mais, à ses yeux, qu'une pieuse spéculation au profit de ses pauvres. Il s'occupait beaucoup plus de les placer avec avantage que de les écrire avec soin, et c'est au plus ou moins de bénéfice que les malheureux en retiraient, qu'il appréciait leur valeur littéraire.

Ses œuvres imprimées se composent : 1° de *Cantiques*, dont nous parlerons plus bas ; 2° des *Soirées religieuses et polémiques*, *ou Dialogues à l'usage de plusieurs classes de la société*, ouvrage entrepris en faveur des pauvres malades de Saint-Vivien, et 3° du *Livre de tout le monde, ou Dialogues sur les commandements de Dieu*. Cet ouvrage fut vendu au profit de l'œuvre des dames du Bon-Pasteur, que M. Prevost affectionnait d'une manière toute particulière. Ces deux dernières publications ne sont autre chose que le recueil des dialogues et des tragédies qu'il fit réciter, à Saint-Vivien et à Saint-Nicaise, aux catéchismes de persévérance.

La piété et la charité de l'abbé Prevost respirent dans ces livres ; on peut dire que ce sont là les ouvrages d'un bon pasteur. Le style en est clair, simple, facile; ils renferment des leçons excellentes et parfaitement adaptées aux besoins de sa paroisse; enfin, le succès a répondu au double but que l'auteur s'était proposé, d'un côté l'instruction et l'édification des fidèles, de l'autre l'entretien des établissements charitables qu'il avait fondés ou auxquels il s'intéressait. Au reste, il a retouché ses ouvrages jusqu'à la mort, et nous en avons retrouvé dans ses manuscrits une grande partie entièrement recopiée de sa main. Toujours modeste, il ne faisait pas grand cas de ce second travail; voici comment il s'exprime à ce sujet :

« Le grand nombre de fautes en tout
« genre que j'avais laissées dans ces dia-
« logues, lorsque, malheureusement, ils
« furent imprimés, m'a engagé à les revoir
« avec soin et à leur donner le degré de
« perfection que mes faibles moyens me
« permettent de communiquer aux petits
« ouvrages que je fais. Tant mieux, si je

« n'ai pas refait plus mal; car, comme dit
« un auteur,

Souvent qui refait, refait pis.

« J'espère au moins avoir réussi à effa-
« cer certaines fautes qui pouvaient choquer
« davantage. »

Il nous semble toutefois que la grande
expérience qu'il avait acquise à la fin de sa
carrière sacerdotale, doit donner une certaine valeur à cette révision des œuvres
d'un âge moins avancé.

Il a laissé de plus, en manuscrits, des
Dialogues sur les commandements de l'Église,
qui font suite aux *Dialogues sur les commandements de Dieu*, et qui ont été récités, à
Saint-Nicaise, aux mêmes intentions que les
premiers.

Les autres ouvrages de l'abbé Prevost
n'étaient pas destinés à voir le jour. Ce sont
des *Conférences*, des *Lettres spirituelles*, des
Poésies françaises et latines.

L'abbé Prevost n'était pas orateur. Les
travaux de son ministère et surtout la faiblesse de sa santé ne lui permirent jamais

de se perfectionner dans l'art de la parole.
D'ailleurs il ne possédait aucun de ces avantages extérieurs, tels que la majesté de la
prestance, la puissance de la voix, la grâce
du geste et l'éclat du débit, qui soutiennent
l'éloquence et la font heureusement valoir.
Toutefois, dans les premières années de
son ministère, l'onction et la solidité de ses
discours lui donnèrent une certaine réputation ; on l'entendit avec plaisir dans toutes
les églises de Rouen. Le cardinal Cambacérès l'invita, dès l'année 1818, un an après
son ordination, à prêcher à la Cathédrale le
jour de l'Ascension de l'année suivante ; il
fit, en effet, ce jour-là, ses débuts à Notre-
Dame, mais devant le successeur de Mgr
Cambacérès, décédé le 25 octobre 1818.

L'abbé Prevost ne manquait pas de dispositions pour le genre simple et tempéré.
Dans sa jeunesse, sa première lecture avait
été celle de Bourdaloue. Formé insensible-
ment pour la chaire par l'étude de ce grand
modèle, il dut rappeler dans ses premiers
discours la manière de cet inimitable ora-

teur. Lorsqu'il donna au séminaire son premier sermon, sur l'*emploi du temps*, M. Holley lui dit, en faisant, selon l'usage, la
critique de son instruction : « Vous avez
dans votre composition quelque chose
du genre de Bourdaloue ; vous ne lui res-
semblez pourtant pas tout à fait. » Il ajouta :
« Je crois que vous réussirez, » et parut
satisfait de ce premier début.

L'abbé Prevost nous explique lui-même,
peut-être avec un peu trop de sévérité, pourquoi il ne tint pas tout ce qu'il avait promis. « Placé, dit-il, à Saint-Vivien, avec
« un curé infirme, que j'étais obligé de
« remplacer fréquemment ; accablé dans
« cette paroisse d'une multitude d'occupa-
« tions que je m'étais un peu créées, en me
« chargeant d'œuvres dont j'aurais pu ab-
« solument ne point me mêler ; transféré
« ensuite à Saint-Nicaise, où j'ai eu encore
« plus de travail ; envoyé dans plusieurs
« couvents, dont j'aurais dû peut-être re-
« fuser la direction ; choisi, dès le com-
« mencement de mon ministère, pour faire

« le catéchisme du soir, ce qui oblige et
« habitue à parler d'abondance ; d'un autre
« côté, étant paresseux, épanché sur beau-
« coup de livres, trop incliné à me char-
« ger de besogne selon mon goût, et, par-
« dessus tout, possédé de la manie de par-
« ler souvent, sans vrai talent pour le faire,
« je n'ai continué à être ni le bien faible imi-
« tateur de Bourdaloue, comme le disait
« M. Holley, ni le marteau des incrédules,
« selon un autre mot de M. Vallée, curé de
« Saint-Ouen.

« Tel est le sort des jeunes prêtres qui
« commencent trop tôt à prêcher, qui
« prêchent trop souvent, et d'abondance.
« Pour vouloir bien vite être quelque
« chose, ils finissent par n'être rien, et de
« bonne heure....

« Je dois dire pourtant que plusieurs de
« mes premières conférences plurent assez
« à M. Motte, peut-être parce qu'il avait la
« bonté de m'affectionner, et aussi parce
« qu'il n'était pas, je crois, très-exigeant
« en fait de prédication. »

6.

Il parle ensuite d'un sermon qu'il prêcha
sur l'*exactitude*. « Je plus, dit-il finement, à
« quelques personnes et fus peu agréable
« à d'autres : *l'exactitude, vertu fort rare,*
« *trouve bien des contradicteurs.* » Puis il
ajoute :

« Pour moi, ce qui me fait trembler, ce
« qui m'excite à envisager la mort avec
« une crainte inexprimable, c'est d'avoir si
« fréquemment prêché d'abondance. Oh !
« que de fautes j'ai faites dans ce minis-
« tère ! Je ne serai sauvé que par miséri-
« corde. J'ai bien à appréhender, car les
« manquements dont je viens de parler ne
« sont pas les seuls que j'aie à déplorer. »

> Rex tremendæ majestatis,
> Qui salvandos salvas gratis,
> Salva me, fons pietatis !

Cédant à la fois à son humilité et à ses
propres inclinations, l'abbé Prevost se ren-
ferma de bonne heure dans le cercle des
instructions familières qu'il adressait à ses
paroissiens. Pendant vingt ans, soit dans
ses prônes, soit dans ses catéchismes, soit

dans ses exhortations du matin, il leur expliqua les *quatre Évangiles* et les *Actes des apôtres*, leur prodiguant à pleines mains les trésors de science et de piété qu'il avait puisés, soit dans la méditation des saintes Écritures, soit dans l'étude approfondie des Pères de l'Église. Il ramenait toujours ses instructions vers un but pratique, et voulait que les artisans, les ouvriers, les domestiques, qui formaient la majorité de son troupeau, fussent surtout pénétrés des devoirs de leur état. « Une bonne servante, disait-il, est le triomphe du prêtre, et c'est par un langage simple et paternel qu'on arrive à la former. » Si donc l'abbé Prevost a retouché ses *Conférences*, c'est sans aucune prétention au titre d'orateur, mais uniquement, comme il le disait lui-même, pour *remettre en sa mémoire quelques pensées propres à instruire le peuple dans l'Église, et les religieuses dans leurs communautés.*

Au reste, l'abbé Prevost comprenait l'art oratoire; nous en avons pour garant son goût pour le P. Bourdaloue, et ces vers

didactiques que nous trouvons dans ses
cahiers :

Voulez-vous au public plaire, et plaire toujours ?
Apprenez avec zèle et sachez vos discours.
Le sujet le plus beau, le plan le plus sublime
Jamais de l'auditeur ne gagnera l'estime,
S'il faut qu'à chaque mot l'orateur languissant
Avec un long soupir cherche le mot suivant.
N'allez pas, en prêchant la divine parole,
Crier, gesticuler comme en jouant un rôle :
Ces étranges façons, dignes d'un comédien,
Me déplairont toujours dans l'orateur chrétien.
Qu'un ton majestueux anime chaque phrase,
Et lui donne à la fois du poids et de la grâce.
Un mot qui, prononcé sans force et sans ardeur,
Laisse dormir le vice au fond de notre cœur,
Peut, s'il est proféré d'une voix foudroyante,
Dans l'âme du pécheur répandre l'épouvante.
Tel Bridaine jadis, de sa puissante voix,
Remuait l'auditeur, l'accablait sous le poids
D'une éloquence forte et digne d'un prophète.
Oui, c'est parfois l'accent qui touche, et nous apprête
Un triomphe éclatant qu'à l'orateur sacré
N'obtint jamais un ton froidement modéré.
Mais le gage assuré d'une sainte victoire,

. . . .

C'est le soin de puiser dans une humble prière
Des paroles de feu, de vifs traits de lumière,
De vivre retiré, d'étudier les mœurs,
Et d'observer surtout ce qu'on prêche aux pécheurs.

Passons aux *Lettres spirituelles* de l'abbé
Prevost. Ces lettres, adressées à des religieuses, sont pleines d'observations profondes, de pensées délicates ou solides qui
conviennent à tous les états, à toutes les
conditions. On pourrait faire de ce recueil
un excellent livre où chacun trouverait son
profit. Nous avons déjà cité, dans notre première partie, des fragments fort remarquables de ces lettres spirituelles. Nous
pensons qu'on lira encore avec plaisir une
lettre sur *la piété*, à laquelle nous avons
déjà fait allusion, et qui donne une idée
exacte de la manière de l'abbé Prevost :

« Vous me marquez que vous attendiez
« de moi une missive toute spirituelle. A
« dire vrai, c'est porter l'eau à la rivière
« que de vous en envoyer une semblable.
« Il vaudrait peut-être mieux réserver un
« tel langage pour ces gens du monde qui
« ont besoin de quitter leurs attachements
« terrestres. Les religieuses, on peut sans
« inconvénient les mettre en oubli : elles
« sont intérieures depuis de longues

« années ! Je ne sais pourtant si vous l'êtes
« suffisamment. Attendez un instant, et je
« vais vous donner la preuve de ce que
« j'avance.

« Vous pensiez que ma dernière lettre
« procèderait du divin amour. N'attendez
« pas tant de moi, je n'en ai jamais savouré
« les douceurs. Je sais seulement que j'ai un
« grand fonds de corruption très-réelle, que
« je suis souvent tenté, et que trop fré-
« quemment je tombe. Quant au langage du
« divin amour, rien ne serait plus déplacé
« dans ma bouche; et si je vous en ai dit
« quelque chose dans ma lettre sur la com-
« munion, je n'ai fait que bégayer; en gar-
« dant le silence sur ce point, j'aurais peut-
« être agi plus sagement. J'écris comme
« je pense; j'en suis le plus malheureux.
« Puissé-je un jour le mériter, ce divin
« amour! Puisse Dieu me le donner! S'il ne
« le veut pas, que sa volonté soit faite !

« Vous serez peut-être un peu scanda-
« lisée de cette sorte d'indifférence pour
« l'amour divin. Vous n'avez pas des désirs

« aussi peu vifs. Vous ne voulez voir en
« vous que feu et flamme pétiller. Vous ne
« vous contentez pas d'un feu sous la
« cendre. Vous vous impatientez de ne
« pas être tout embrasée, toute liquéfiée,
« toute languissante d'amour. C'est si doux !
« On est alors si content de soi ! On plaît
« tant à Dieu, ou, au moins, on croit tant
« lui plaire ! On est si près du royaume des
« cieux, que vraiment tout ce pieux in-
« cendie est fort à désirer.

« Si Fénelon vous avait répondu, il vous
« aurait vertement tancée. Pour moi, qui
« ne suis point Fénelon, voici cependant
« ce que je vais vous dire :

« Cette envie d'être brûlée, consumée
« par de célestes flammes, n'est point
« sans danger. D'ailleurs, nous qui avons
« un cœur si peu mortifié, si rempli de dé-
« sirs antichrétiens, si attaché à mille
« objets frivoles, si dépourvu d'abnégation ;
« nous qui avons un esprit si récalcitrant,
« si plein de ses idées, si souillé de pensées
« étrangères à la sainteté de notre vocation,

« si élevé dans ses vues prétentieuses, si
« attaché à ce qu'il a une fois conçu ; nous
« qui intérieurement sommes ainsi consti-
« tués, suivons-nous bien les règles de l'hu-
« milité, en voulant que des ardeurs séra-
« phiques nous consument ? Insensés que
« nous sommes ! Une infinité de désirs
« tout mondains nous dévorent, et nous
« demandons à être embrasés des feux cé-
« lestes ! Quittons ces hautes pensées, et
« souhaitons seulement que Dieu nous
« fasse connaître notre fonds si misérable,
« si corrompu, si indigne par là même
« de posséder le divin amour avec ses inef-
« fables et délicieuses douceurs.

« J'ignore jusqu'à quel point vous êtes
« parfaite, mais je ne crois pas que ce soit
« une très-grande perfection de désirer
« tant le saint amour, quand tout ce qu'on
« éprouve en soi s'y oppose. Car enfin vous
« êtes aussi enfant d'Adam, et vous devez
« vous apercevoir tous les jours que vous
« avez part à l'héritage commun. Sans
« doute, il faut aimer Dieu, mais l'aimer

« surtout en pratiquant ses commande-
« ments et ceux de son Église ; il faut l'ai-
« mer pour lui, et non pas pour les conso-
« lations et les ravissements intérieurs
« qu'il peut nous envoyer.

« Touchons un autre point. Vous aimez
« qu'on vous dise si les présents que vous
« envoyez plaisent. — Oui, ils me sont
« agréables.— Peut-être y aurait-il plus de
« vertu à ne pas avoir ce désir curieux, car
« il est à craindre, s'il est satisfait, que
« l'amour-propre ne dise intérieurement :
« *J'ai du goût, je sais plaire !* — Vous me di-
« rez que je vous chicane sur des *vétilles*. O
« âme qui avez renoncé à tout, et surtout
« au désir de plaire et d'être applaudie, je
« ne connais pas de *vétilles* dans ce qui tend
« à la mortification du cœur. Les *vétilles* ne
« sont que dans les paroles, dans les désirs
« et dans une multitude d'affaires dont on se
« grossit beaucoup trop l'importance. Assez
« pour aujourd'hui. Je prierai pour vous,
« priez pour moi. Ma lettre vous fera peut-
« être faire bien des réflexions. Je le désire. »

L'abbé Prevost avait l'art d'amener gaîment le sujet le plus austère et d'entrer en
matière avec aisance. En voici un exemple :
c'est le début d'une de ses lettres sur l'*humilité* :

« Je viens de me lever, et je ne suis pas
« content. J'avais grand besoin et grande
« envie de dormir. Mais, dans notre singu-
« lier quartier, lorsqu'il serait nécessaire de
« prendre un peu de repos, il faut veiller.
« Les amateurs de bal, ou les *enterreurs* de
« la liberté de quelque pauvre fille, des
« gens de noce, reviennent de leurs plaisirs
« en voiture. Les maisons tremblent dans
« notre rue, et le plus intrépide ronfleur
« n'y tiendrait pas. On est absolument
« obligé de se lever. Il n'est cependant pas
« encore quatre heures. Soumettons-nous ;
« je n'aurais peut-être pas pu trouver au-
« trement le temps de vous écrire. Le
« monde et ses divertissements me le
« fournissent, et le bien naît du mal.
« C'est ainsi que l'humilité, cet avan-
« tage spirituel si précieux, naît de notre

« corruption, qui est détestable sous tous
« les rapports, etc. »

C'est surtout sur l'humilité et sur
l'amour-propre que portent les réflexions
de l'abbé Prevost dans ses *Lettres spirituelles*.
Nous espérons qu'on nous saura gré d'avoir
rassemblé ici quelques-unes des pensées
les plus profondes et les plus délicates que
lui ait inspirées ce double sujet :

« L'humilité est une vertu que nous ne
pouvons obtenir par nous-même, et dont
le principe néanmoins est en nous, en ce
sens que l'homme a en lui de quoi s'humi-
lier.

« Notre-Seigneur a eu raison de dire que
le royaume de Dieu est au-dedans de nous.
Ce royaume de Dieu, c'est, on peut le dire,
l'humilité, et le germe de cette vertu est au
sein de notre corruption.

« L'humilité, c'est une perle dans notre
fumier. »

Ecoutez cette réflexion si pleine d'actualité en face des doctrines impies qui ont
désolé la France dans ces derniers temps :

« Que l'orgueil de l'homme est abomi-
nable ! Si l'on doute de l'enfer et de ses
peines, c'est qu'on n'a pas assez sondé le
cœur de l'homme, ni suffisamment réfléchi
sur l'opiniâtreté de l'orgueil. »

Dans l'analyse des éléments de notre
amour-propre, l'abbé Prevost n'a rien
oublié, pas même la sensibilité physique :

« La sensibilité n'est pas seulement le
résultat d'une certaine disposition des
nerfs ; l'impression dans les personnes ner-
veuses n'est presque jamais purement cor-
porelle, et l'on pourrait prouver, je crois,
que le cœur est ordinairement soulevé avant
que le corps soit affecté. Généralement, un
corps sensible est l'instrument d'un orgueil
caché. Toutes les maladies, directement ou
indirectement, viennent du péché ; et la
sensibilité des nerfs, n'étant qu'une révolte
de cette partie du corps humain, doit avoir
pour cause la révolte secrète de l'être
spirituel. »

Les agitations de conscience, les exagé-
rations, les scrupules sont encore rangés

au nombre des inspirations de l'amour-
propre :

« Sous un rapport, il est utile qu'on
fasse certaines fautes, quoiqu'il faille toujours s'efforcer de les éviter. Agissons en
tout avec simplicité. Proposons-nous le
bien, rien de plus juste, mais proposons-
nous-le tranquillement. Par-dessus tout,
soyons humbles ; ne veuillons pas tout pé-
nétrer. Méprisons courageusement une infinité de doutes qui ne sont encore que des
productions de notre amour-propre, lequel
veut s'arrêter à tout pour pouvoir se dire à
soi-même qu'il ne passe légèrement sur
rien, et qu'il est fort exact. Oh! qu'il y a
d'amour-propre dans les raisonnements mi-
nutieux de certaines personnes, dans tous
ces petits soins qu'elles se donnent, pour que
tout soit excellent, accompli, symétrisé,
bien frappé, bref, de nature à réjouir tout
l'intérieur et à mettre l'âme à même de se
rendre ce témoignage : *Ce n'est pas mal.* »

Si l'on eût demandé à l'abbé Prevost où
il avait puisé une connaissance aussi

exacte des misères de notre nature , il aurait pu répondre comme fit un prédicateur
célèbre , en mettant la main sur son cœur,
dont il savait compter les plus légers mouvements , quoiqu'il fût entièrement parvenu
à les comprimer.

Il nous reste encore à parler des ouvrages
poétiques de l'abbé Prevost. Il aimait pas-
sionnément la poésie ; les vers coulaient de
sa plume avec une facilité trop grande peut-
être, mais qu'il savait heureusement mettre
à profit, sans qu'il lui en coutât une grande
dépense de temps, soit pour animer ses catéchismes, soit pour quelque circonstance
particulière. C'est surtout dans ses poésies,
composées pour la plupart, comme il le dit
lui-même, en plein air, pendant ses visites
à ses pauvres et à ses malades, qu'il a
montré une heureuse imagination , une
verve facile, un style souple et varié , en un
mot, toutes les qualités qui permettent de
lui accorder un certain mérite littéraire (1).

_____

(1) L'abbé Prevost aimait à revoir ses poésies, et alors il

Ses poésies françaises se composent de cantiques et de pièces de différents genres.

Nous dirons peu de chose de ses cantiques, parce qu'ils sont imprimés. Toutefois nous croyons devoir citer celui qui a pour titre : *Les mondains condamnés au jugement de Dieu*, dont la précision, l'énergie et la simplicité ont paru très-remarquables à plusieurs littérateurs. C'est Dieu que l'auteur fait parler :

Je ne pardonne plus. Le temps de la vengeance,
Pécheurs, est arrivé. Paraissez devant moi,
Privés de tout secours, sans nom, sans opulence,
Et seulement munis des œuvres de la foi ;
Offrez-vous à mes yeux, souillés de tous ces vices
Que cachaient aux mortels tant d'efforts assidus,
Et voyons si des cieux les réelles délices
Doivent récompenser d'apparentes vertus.

Vous n'avez point du pauvre opprimé la faiblesse ;
Vos mains ont respecté son modique trésor ;

---

suivait l'exemple de Boileau : s'il écrivait quatre mots, il en effaçait trois. Mais il n'avait que rarement le temps de vaquer à ce travail, qui lui plaisait beaucoup. Du reste, il ne faisait pas plus de cas de ses vers que de sa prose. « Ma poésie, disait-il, n'est pas riche ; après tout, tel curé, tels vers. »

Mais votre cœur avide a, jusqu'à la vieillesse,
Fait son plus doux plaisir de s'environner d'or.
On admirait en vous travail, intelligence ;
Vos flatteurs vous louaient de vos soins prévoyants.
Pour moi qu'avez-vous fait ? Votre aveugle prudence
M'a toujours préféré les richesses du temps.

Vous ne blasphémiez pas mon nom avec audace ;
Vos discours réservés respectaient la pudeur.
Mais ce ne fut point là l'ouvrage de ma grâce ;
Le seul espoir de plaire inspirait votre cœur ;
Et des mystères saints si votre indifférence
N'a jamais avili l'auguste majesté,
C'est qu'aux plaisirs des sens donnant la préférence ,
Votre âme négligeait ceux de l'impiété.

Autant de vos vertus l'apparence trompeuse
A séduit de mortels unis à votre sort,
Autant, dans les enfers, que votre âme orgueilleuse
Éprouve de tourments sans espoir de la mort.
Retirez-vous de moi, superbes téméraires ,
Qui pensiez être saints sans observer ma loi ,
Et, ne voyant en vous que sagesse et lumières ,
Dédaigniez de marcher au flambeau de la foi.

A côté de cette poésie sévère, il convient de placer cette strophe touchante d'un autre cantique :

Vous qui versez des pleurs, vous qui cachez vos larmes,
Ne voulant pour témoin que l'œil de l'Éternel,
Il sait votre douleur, et le jour solennel
Que son ordre a fixé pour finir vos alarmes !

Encor quelques instans, et vous reconnaîtrez
Que si ce Dieu se plut à prolonger vos peines ,
Jamais il n'oublia tant de maux endurés
Sans recevoir le prix des louanges humaines !

Nous citerons encore comme modèle de précision et de concision philosophique, la strophe suivante. C'est l'incrédule converti , qui expose la tranquillité nouvelle que son esprit et son cœur doivent à la religion :

Oui , c'est l'orgueil , mon cœur l'atteste ,
Qui me fit des jours ténébreux ;
Plus soumis et moins malheureux ,
Éclairé du flambeau céleste ,
Je comprends pourquoi Dieu m'a fait ,
D'où vient que mon cœur me résiste ,
Pourquoi l'homme ici-bas est triste
Et quand il sera satisfait !

L'auteur a réuni dans ce court espace toutes les graves questions qui agitent l'homme, la question de son origine , celle de sa fin, celle de sa liberté, en un mot tous ces problèmes redoutables dont la religion seule donne une solution satisfaisante.

Veut-il chanter la gloire de Dieu , aussitôt

7

la pensée et l'expression s'élèvent à une
grande hauteur :

> S'il dit un mot, c'est assez ; et, docile,
> Cet univers s'élève du néant.
> Qu'il le réprouve, et ce monde fragile,
> Brisé, détruit, va passer à l'instant..
>
> Ces corps roulant dans un espace immense,
> Ces vastes mers, pleines de sa grandeur,
> Ne sont qu'un jeu de sa toute-puissance ;
> Et l'univers n'est rien pour son auteur.
>
> O Jehovah ! quels sublimes cantiques,
> Quels saints transports, quels concerts assez beaux
> Pourront louer tes œuvres magnifiques ?
> Toi seul, grand Dieu ! peux chanter tes travaux.
>
> Qui redira ta puissance infinie,
> Lorsque le Verbe, abandonnant ces lieux (1),
> Voulut, au sein d'une Vierge bénie,
> Unir tout l'homme au souverain des cieux ?
>
> Confiez-vous en cette main puissante,
> Vous, ô mortels, qui cherchez du secours.
> Rien ici-bas ne remplit votre attente :
> Que ce Dieu fort soit votre seul recours !

En un seul vers, l'auteur a su caractéri-
ser l'intelligence infinie :

> Dieu, que ne sais-tu pas ? Tu te connais toi-même !

---

(1) Ce sont les Anges qui chantent ici la puissance de
Dieu.

On lira sans doute avec plaisir ce dialogue entre Dieu et l'homme, où l'abbé Prevost s'est peint tout entier.

L'HOMME.

L'homme est vil, et Dieu seul est grand !
Ne me vantez plus mon semblable.
Si j'éprouve un amour ardent,
C'est pour ce maître, seul aimable.
L'homme, auteur de tous mes chagrins,
En vain réclame ma tendresse ;
Je le hais. O roi des humains,
C'est vous que j'aimerai sans cesse.

DIEU.

Puisque l'image de ton Dieu
Excite ta haine outrageante,
Garde-toi de m'offrir le feu
Dont brûle ton âme insolente.
J'ai mis sur le front du mortel
Des marques de son origine ;
Je l'ai créé. Cœur plein de fiel,
Haïras-tu l'œuvre divine ?

Quoique invisible à tes regards,
Tu m'aimes, ô vil hypocrite !
Et l'homme, qui de toutes parts
T'offre sa gloire et son mérite,
N'a rien qui touche un cœur glacé,
Dont la tendresse mensongère,
Lorsque Dieu dans l'homme est blessé,
Croit à ce Dieu ne pas déplaire !

Soulage donc, par tes bienfaits,
Ces âmes faibles et plaintives;
Moi, sans songer à leurs forfaits
Dignes de mes foudres tardives,
Je dis : « Renais, astre du jour;
« Que ta chaleur, toujours semblable,
« Montre que j'ai le même amour,
« Quoique l'homme soit plus coupable. »

Mais contre ton frère, ô mortel,
De la funeste médisance
Ne lance pas le trait cruel;
De Dieu retrace la prudence :
Il aime à couvrir tes défauts,
Et veut te conserver l'estime
Que ton homicide propos
Enlève à ta triste victime.

N'oublions pas non plus cette strophe qui présente un si touchant à-propos :

Que l'instant de la mort pour le juste a de charmes !
  Oh ! qu'il est doux, à son dernier moment,
  D'envisager sans trouble le présent,
Le passé sans regrets, l'avenir sans alarmes !

Des pièces de circonstance forment le second recueil des poésies françaises de l'abbé Prevost. Ce recueil commence par une prière à Dieu pour obtenir une moisson abondante et le soulagement des malheureux. Cette pièce respire l'amour des pauvres, et elle ne saurait manquer de toucher les cœurs, quand l'actualité ne serait pas là pour la rendre encore plus saisissante.

Seigneur, du haut des cieux, jetez sur cette terre
    Vos regards paternels,
Et daignez exaucer ma tremblante prière
    Aux pieds de vos autels.

Si j'implore, grand Dieu, votre aimable clémence,
    Ce n'est pas pour mes jours.
Tranchez-les, s'il le faut, mais voyez la souffrance
    Du pauvre sans secours !

C'est pour lui que mon cœur en ce jour vous supplie,
    O Père bienfaisant !
Daignez lui prolonger le bienfait de la vie,
    C'est de vous qu'il l'attend.

Rassemblez dans les airs ces eaux rafraîchissantes,
    Ces nuages féconds
Qui calment en tombant les ardeurs dévorantes,
    Et sauvent nos moissons.

C'est vous qui répandez la plus douce rosée
    Sur les sommets d'Hermon ;
Que par vous, ô mon Dieu, notre terre arrosée
    Bénisse votre nom !

Mgr de Bernis étant venu donner la confirmation à Saint-Vivien, un enfant lui

adressa ce gracieux compliment, œuvre de
M. Prevost :

Pour vos nombreux enfants, votre aimable présence
Ajoute un nouveau charme au bonheur de ce jour.
Oui, nous sommes heureux ! Puisse notre constance,
Docile à vos leçons, contenter votre amour !

Jeunes et tendres fleurs, nous désirons produire
Des fruits que nous devrons à vos soins vigilants.
Mais, jusqu'à la moisson, qui de nous peut se dire :
Je ne redoute rien du tonnerre et des vents.

Cependant espérons. Par sa divine flamme
L'Esprit-Saint à jamais bannira la tiédeur.
Jésus-Christ vit en nous ; il va guider notre âme.
Puis vous prierez pour nous, pontife du Seigneur !

Vous reviendrez encore, et, remplis d'allégresse,
Nous courrons à vos pieds vous présenter nos cœurs.
Puissiez-vous, en ce jour, parmi cette jeunesse,
Trouver autant de fruits que vous voyez de fleurs!

La gaîté naturelle à l'abbé Prevost devait
quelquefois passer dans sa poésie. Elle lui
a, en effet, inspiré des chansonnettes fort
amusantes. Nous citerons, entre autres fa-
céties, une réponse en vers à M. l'abbé
Vallée, chanoine honoraire de la Métropole,
décédé à Bonsecours, il y a quelques
années, à l'âge de quatre-vingt-douze ans.

Ce vénérable vieillard, dans une biographie plus ou moins poétique du clergé de notre ville, avait risqué cette antithèse, que *le plus petit curé de Rouen*, le curé de Saint Nicaise, était *grand* par sa charité.

Voici quelques couplets de la réponse de M. Prevost.

> Du plus petit curé de Rouen,
> Vallée, en chantant les louanges,
> Dans un transport des plus étranges,
> Lui donne à tort le nom de *Grand*.
>
> Du plus petit curé de Rouen,
> Que peut-on dire, cher confrère ?
> Le mieux, sans doute, est de se taire,
> Quand les gens sont au dernier rang.
>
> . . . .
> . . . .
>
> Après tout, il faut un dernier.
> Prevost étant choisi pour l'être,
> Puisse au ciel le souverain Être
> Lui garder ce titre en entier !

Nous terminerons nos citations françaises par un magnifique morceau, malheureusement trop court, dans lequel M. Prevost nous semble s'être distingué d'une manière toute particulière. Il a pour titre : *Réponse à un jeune homme irréligieux, méprisant un ecclésiastique, parce qu'il remarque en lui quelques défauts inévitables à la fragilité humaine.*

Sais-tu bien qui je suis ? Ministre du Très-Haut.
Si ma vie à tes yeux offre quelque défaut,
Souviens-toi que je suis un enfant de la terre.
Mais je possède aussi l'auguste caractère
Que grava dans mon cœur le pontife éternel.
Respecte Jésus-Christ dans un faible mortel !
Ne crois pas néanmoins que, d'un ton d'arrogance,
Je prenne ici le droit de vivre avec licence;
Non; toujours du plaisir j'éviterai l'appas,
J'enchaînerai mon cœur, je règlerai mes pas.
Mais si, malgré ces soins, quelque faute légère
Souille la pureté de l'ange de la terre,
Pardonne à ma faiblesse, et demande au Seigneur
Qu'il me rende plus saint pour lui gagner ton cœur !

Ce dernier trait a paru sublime à plusieurs bons appréciateurs du mérite littéraire. C'est bien là l'abbé Prevost; c'est bien là le dévouement et l'abnégation du prêtre de Jésus-Christ, qui ne s'inquiète des attaques dirigées contre sa réputation qu'autant qu'elles peuvent nuire à l'édification de l'Église et au salut de ses frères. Ici une réflexion se présente à notre esprit : dans un travail destiné à faire ressortir le talent de l'abbé Prevost, nous nous trouvons amené naturellement à parler de sa vertu, de même que dans notre première partie nous lui empruntions, à propos de sa vertu, des citations qui font honneur à son talent. C'est que toutes ses facultés s'allumaient au même foyer, c'est-à-dire au foyer de la charité, dont la flamme embrasait son cœur et illuminait son intelligence.

Les poésies latines de l'abbé Prevost vont nous occuper en dernier lieu. Comme nous avons déjà eu occasion d'en citer les fragments les plus remarquables sous le rapport de la pensée, il ne nous reste plus qu'à montrer ici, par des morceaux d'un autre genre, l'élégance, la délicatesse avec laquelle il s'exprimait dans cette langue latine, dont il possédait au plus haut degré l'intelligence et le sentiment.

Voici d'abord une ode adressée à M. le

7.

supérieur du séminaire, le jour de sa fête :

Blandulis virtus refugit modesta
Laudibus tolli ; neque, cautus ipse,
Verba, ne fiam gravis hæc legenti ,
    Blandula promam.

Festa cùm patris renitent, frementi
Gaudiis junctum juvenum coronæ,
Me juvat trino reserare mentis
    Intima voto.

Qualis in prato riguus quietos
Leniter rivus latices volutat ,
Sic tuæ cursu fluat, opto, vitæ
    Tempus amœno.

Sancta succrescat, duce te, juventus,
Quæ, modo Pauli, rabidi leonis
Faucibus rapta animas Olympo
    Addere flagret.

TRADUCTION DE LA PREMIÈRE PIÈCE.

La vertu, toujours modeste, craint les louanges trop
flatteuses ; et, si je suis bien avisé, pour ne pas importu-
ner celui que je chante, j'aurai soin de ne le pas flatter.

Quand revient la fête d'un père, uni à la foule de ses
enfants frémissants de joie, il m'est doux d'exprimer, dans
un triple vœu, les secrets désirs de mon cœur.

Ainsi que dans la prairie le ruisseau roule doucement ses
ondes tranquilles, puisse ta vie s'écouler agréable et fortu-
née !

Puisse croître sous ta conduite cette sainte jeunesse !

Jugis hanc frontem redimat corona;
Et tuis victrix manibus prematur
Mille per longos tibi comparata
    Palma labores.

Sic, memor semper, volo te quotannis
Pro tuis carum celebrare donis,
Mox potiturus nova, te favente,
    Munera Felix !

Le second morceau, dont nous demandons la permission de citer quelques vers, c'est une invitation à chanter les louanges de Dieu que le poëte adresse à toutes·les créatures.

Per sylvas volitans quas lætis cantibus imples,
    Dic laudes, avium turba tenella, Deo.
Exultate, licet, tondentes gramina campis,
    Pastoremque bonum concelebretis, oves.

Puisse-t-elle, formée par tes leçons, brûler, comme le grand Paul, d'arracher les âmes au lion furieux, et de les gagner au ciel !

Puisse la couronne éternelle ceindre ton front ! Puissent tes mains presser un jour la palme victorieuse acquise par tant de labeurs !

C'est ainsi que tous les ans je veux te célébrer, toi que tes bontés ont rendu cher à ma pensée, et qui bientôt m'accorderas encore, je l'espère, de nouvelles faveurs.

TRADUCTION DE LA SECONDE PIÈCE.

Voltigeant dans les bois que tu remplis de tes chants

Vos promptæ solà pastoris currere voce ;
　　Vos mites ; et ego durus et aure gravis !
Hìc fecunda sinu campis effundit onustis
　　Frumentum tellus : messis ubiquè ferax.
Proh dolor ! imbre licet cœlesti sæpè rigatus,
　　Fructus do nullos, arbor agerque malus.
Illecebris, flores, vos veris munera, nascens
　　Exornat, moriens exuit una dies.
Ut vos, marcescam. Mox vestram prompta sequetur,
　　Quin vestrâ esse potest mors mea morte prior.

La troisième et dernière poésie latine que nous offrirons au lecteur, c'est encore une ode adressée à M. le supérieur du grand séminaire, en 1851.

joyeux, troupe légère des oiseaux, chante les louanges de Dieu.

Brebis, bondissez en paissant dans la prairie, et célébrez à l'envi le bon pasteur.

Vous accourez au seul son de la voix de votre pasteur ; vous êtes douces ; et moi je suis dur et sourd à la voix de Dieu.

Ici la terre féconde prodigue ses richesses ; partout la moisson est abondante.

O douleur ! bien que souvent arrosé de la pluie céleste, terre mauvaise, arbre stérile, je ne porte aucun fruit !

O fleurs, dons du printemps, l'aurore vous pare de vos attraits, le soir vous en dépouille.

Comme vous, je me flétrirai. Bientôt ma mort suivra la vôtre ; je puis même périr avant vous !

Torridis Phœbi facibus perustum
Gramen ut sero recreatur imbre,
Sic tui tandem reditus triumphi
    Pectora mulcet.

Hic dies inter referatur albos;
Tuque, stirps Levi, meritos honores,
Qui pium callem pius ipse monstrat,
    Solve parenti.

Mille nunc signis amor, intùs ardens,
Prodeat; vultus, oculi loquantur
Quidquid os rectè nequit impotenti
    Promere versu.

O queat si lux ea prorogari
Quâ parens natos hilarat! Sed opto
Vana : qui solis remoretur axem
    Josua defit.

TRADUCTION DE LA TROISIÈME PIÈCE.

De même que la pluie du soir rafraîchit le gazon brûlé des feux du soleil, de même le retour tant désiré de votre fête vient caresser nos cœurs.

Que ce jour soit compté parmi les jours heureux ; et vous, enfants de Lévi, rendez hommage à votre père, qui, pieux lui-même, vous montre le chemin de la piété.

Que mille emblèmes manifestent l'amour qui brûle dans les cœurs ; que les visages, que les yeux sachent dire ce que le langage des vers est impuissant à exprimer !

Oh! plût au ciel qu'il pût être prolongé, ce jour où un père est la joie de ses enfants! Mais je le désire en vain ; Josué n'est plus là pour arrêter le soleil.

Nulla sic longùm sapitur voluptas,
Exules donec patriâ fleamus :
Transeunt instar citò defluentis
    Gaudia lymphæ.

Blanda spes fulget, venit eccè tempus
Mixta quo patri soboles ovabit,
Semper et dulci celebranda pace
    Festa manebunt.

Telle est la poésie de M. Prevost, toujours claire et facile, souvent gracieuse ou élevée. Sa poésie, ainsi que ses autres ouvrages, est le reflet de son cœur autant que de son intelligence ; voilà pourquoi, désirant donner de lui une idée aussi exacte que possible, nous avons cru nécessaire de l'étudier non seulement dans sa vie, mais aussi dans ses œuvres.

Nous pourrions faire connaître encore d'autres passages non moins intéressants

---

Ainsi nous ne pouvons longtemps goûter aucun plaisir, tant que nous pleurons exilés de notre patrie : la joie s'écoule comme une onde rapide.

Mais la douce espérance nous sourit. Voici bientôt le temps où le père et les fils triompheront ensemble ; alors, au sein de la plus douce paix, nous célébrerons des fêtes éternelles.

que ceux que nous avons cités; mais la
crainte de fatiguer le lecteur et les bornes
que nous nous sommes imposées nous obli-
gent à terminer au plus vite. Toutefois,
avant de déposer la plume, nous devons
encore transcrire une œuvre très-originale,
très-piquante, de M. l'abbé Prevost. C'est un
portrait à la façon de la Bruyère. Qui a-t-il
prétendu peindre? Nous ne le savons pas au
juste; pourtant, quel que soit le modèle
qu'il ait voulu retracer, il nous semble , et
plusieurs personnes que nous avons con-
sultées à ce sujet partagent cette opinion,
que l'abbé Prevost s'est peint involontaire-
ment lui-même avec les quelques défauts de
jeunesse dont il a su si bien se corriger, et
ces qualités solides qui, plus tard, devaient
se changer en éclatantes vertus. Au reste, le
lecteur en jugera; voici le morceau :

Portrait d'Eumène, encore jeune.

« Eumène est d'une taille avantageuse,
mais il se présente mal. Son humilité mal
entendue, qui le penche vers la terre, di-

minue sa taille d'un pied, et n'ajoute rien à sa vertu. Envisagés de près, ses traits n'offrent rien d'agréable ; de loin, ils plaisent assez. L'éloignement lui donne de la grâce, et il est du nombre de ceux qui sont faits pour être vus en perspective. Son œil petit est quelquefois malin. Il paraît passer au milieu du monde, comme s'il n'avait rien à y voir de plus que dans un désert ; mais de tout ce qui peut être aperçu, rien ne lui échappe ; et quoiqu'il semble ne regarder que son tombeau, il aime assez à découvrir sur le visage des autres et ce qu'ils sont et ce qu'ils pensent.

« Lorsqu'il est parmi ses semblables, si l'on examinait bien tous les voyages rapides de ses yeux, et leur extrême mobilité, on aurait bientôt une idée de son âme. Sa démarche est empressée, peu convenable quelquefois. De prime abord, il paraît singulier ; mais au fond, il n'a pas l'intention de se singulariser ; et cet esprit de singularité apparente, qu'on ne devine pas aisément, est toujours chez lui appuyé sur un

motif chrétien , qui , s'il était connu , empê-
cherait qu'on ne condamnât Eumène dans
sa conduite.

« Quoique extrêmement sensible et par
conséquent trop plein de lui-même, il aime
l'humilité. Il a souvent médité sur cette
vertu , et la recommande fréquemment aux
autres ; mais dans le détail de ses actions, il
s'en écarte souvent.

« Chagrin plutôt par réflexion que par
inclination, il porte une figure triste , qui
n'est telle que parce qu'il n'est pas assez
patient et suffisamment mort à lui-même.
Il a besoin d'indulgence et des opérations
du temps, mais ses sincères désirs peuvent
consoler de ses défauts.

« Ses devoirs lui plaisent. La crainte de
Dieu l'anime : et que ne fait-on pas avec
cette crainte ? C'est elle sans doute qui re-
tient l'impétuosité de sa langue. Car, quoiqu'il parle assez facilement, il use peu de
cet avantage ; aussi la trop grande abondance de paroles n'est pas ce qui le rend
difficile à supporter. Peut-être est-il un peu

trop réservé ; on s'accorde pourtant généralement à dire qu'il ne l'est pas toujours. S'il
se tait, c'est par raison. Quelquefois piquant
dans ses discours, il n'a jamais l'intention de
mortifier par des satires outrageantes. La
médisance et l'impudeur dans les paroles
sont des monstres qu'il abhorre. Rarement
il s'entretient de ceux qui ont à parcourir la
même carrière que lui. La crainte de se
voir humilié, et de concevoir de l'envie, en
entendant leur éloge, l'empêche peut-être
de parler. Eumène est encore plein d'un
secret orgueil. Ne désespérons point de son
amélioration. Il manifeste peu souvent sa
jalousie. Dès qu'elle se fait sentir, la réflexion lui en fait étouffer les plus légers
mouvements ; et, s'il ne se réjouit pas absolument des succès d'autrui, il a, au moins,
assez de religion pour n'être pas beaucoup
attristé des avantages qu'il remarque dans
ses semblables.

« Singulièrement sensible à la louange,
il l'est également au blâme. Son cœur sait
éprouver des sentiments de compassion ;

c'est l'ami du pauvre ; et si Eumène est esti-
mable par quelque endroit, c'est surtout
par cette pieuse tendresse envers les malheureux. Pour les soulager, il n'a rien de si
cher qu'il ne sacrifie. Cet esprit de bienfaisance est un don qu'il a reçu spécialement
de Dieu. C'est de lui encore qu'il tient le
mépris des richesses. Ne lui parlez pas d'argent pour le toucher, pour le gagner. Les
plus légères connaissances lui paraissent
préférables à la plus belle fortune. Son goût
pour l'étude est fortement prononcé, mais
son imagination est trop variable pour se
fixer longtemps à un seul genre de science.
Il dévore tout, et parcourt un livre plutôt
qu'il ne le lit. Il a vu beaucoup d'ouvrages
sans être savant, et pourtant il est assez
flatté qu'on le regarde comme tel. Au fond,
ses talents, comme ses vertus, sont encore
très-superficiels. Il ne fait que commencer
à vivre. Les années mûriront son jugement ; il travaillera ; la société pourra tirer
quelques avantages de ses services, et sa
mort inspirera peut-être quelques regrets. »

Ces dernières paroles sont bien touchantes, et ne nous permettent plus de songer à autre chose qu'aux admirables vertus de M. Prevost. Sans doute, à en juger par ses ouvrages, plus de loisir et de travail en auraient fait un littérateur distingué; mais ne nous plaignons pas, puisque le ministère pastoral en a fait un saint.

FIN DE LA SECONDE ET DERNIÈRE PARTIE.

Rouen. Imp. MEGARD et Cie, Grand'Rue, 156.